罗伟章 著

隐秘史

江苏凤凰文艺出版社

图书在版编目（CIP）数据

隐秘史 / 罗伟章著. —南京：江苏凤凰文艺出版社，2022.5
ISBN 978-7-5594-6625-9

Ⅰ.①隐…　Ⅱ.①罗…　Ⅲ.①长篇小说－中国－当代　Ⅳ.①I247.5

中国版本图书馆 CIP 数据核字(2022)第 032720 号

隐秘史

罗伟章　著

出版人	张在健
责任编辑	项雷达　孙　茜　李　黎
装帧设计	周伟伟
责任印制	刘　巍
出版发行	江苏凤凰文艺出版社
	南京市中央路 165 号，邮编：210009
网　　址	http://www.jswenyi.com
印　　刷	江苏凤凰通达印刷有限公司
开　　本	880 毫米×1230 毫米　1/32
印　　张	9.75
字　　数	192 千字
版　　次	2022 年 5 月第 1 版
印　　次	2022 年 5 月第 1 次印刷
书　　号	ISBN 978-7-5594-6625-9
定　　价	48.00 元

江苏凤凰文艺版图书凡印刷、装订错误，可向出版社调换，联系电话 025-83280257

我曾经写过一个故事，名叫《声音史》，《声音史》里的杨浪，悉心收集着村庄的声音，当那些声音次第消失，他便用自己的天赋异禀，模仿那些声音，并借助那些声音让村庄复活。

在这个故事里，杨浪依然在，而且就是《声音史》里的杨浪，但他已经只是背景了。这个故事打开另一扇门。这扇门里的声音，杨浪听不见。很可能，世上没有人能够听见。

目录

隐秘史   1

附录一   与这个故事有关的另一个故事   275

附录二   与一位青年作家的会面以及后来的事   297

隐秘史

一

  这只是老君山数十个洞子中的一个。不同之处在于,它没有名字。别的洞子都有名字,比如树精洞、盘丝洞、鸳鸯洞、叫花子洞。

  这个洞子却没有。

  因为桂平昌发现它之前,谁都不知道它的存在。

  当然,此前或许还有一个隐秘的发现者。

  但这仅限于猜测。

  可能有,也可能没有。

  即使真有,也因为过于隐秘,不仅没使它暴露,反而加深了秘密的深度。

  世间之所以有秘密,就是等着人去揭示的。这话或许没错,但桂平昌从没想过要成为那样的人。他在老君山过了大半辈子,埋在心底最深最久的秘密,发生在四十九年前。那年八星不对,旱得邪气。大春栽种以后，本是一副风调雨顺的样子，可不知从哪天起，雨水悄悄撤走了，你追我赶的九十七个暴太阳，把老君山的石头都晒死了，田土裂开的伤口，能陷一头牛进去，来不及抽穗结实的庄稼，成为烈日下的枯草，矮瘦，稀疏，邋遢；庄稼尊贵惯了，不愿意这样不体面，但那些日子，太阳发烫，月亮也发烫，它们实在没有办法。宁为玉碎，不为瓦全，庄稼们像是商量好了，接二连三，无火自焚。田间地头，到处是自焚的火焰，到处留下黑乎乎的残尸。山民没吃的，饿得口痰也舍不得吐。

多年以后，桂平昌回想那段岁月，全是黑白的，静止的，沉默的。跟照片一样沉默。但那不是照片，是实情。干旱持续到两个月左右，村里村外就听不到狗叫，也听不到人声。那年桂平昌十岁，在村东鞍子寺小学读三年级，但自从村庄变成了哑巴，学校的老师就等不来一个学生了，学校也成了哑巴。桂平昌既不上学，也不进山，一天中的大部分时光，是在自家阶沿底下度过的，起床过后，他就光着上身，蜷缩到那里，靠着梁柱，木呆呆望天。

天空红得发白。

白得一无所有。

看来天上也没啥吃的。

他以为就这样饿死了事，可有天深夜，出门几天的父亲，竟讨回一个拳头大的南瓜和半木碗苞谷面。父亲把东西放在伙房，进卧房去摇睡着的母亲。母亲平躺在席子上,被摇晃的时候,头在细瘦的脖子上挓过来,又挓过去,就是不应声,也不睁眼。她不是睡过去了,是昏过去了。父亲把嘴往母亲脸上凑,凑近了说:

"他妈,粮食!"

母亲痉挛了一下,从昏迷中惊醒,双手乱抓。父亲去把粮食拿过来,让她抓。母亲抓到了南瓜,又抓到了苞谷面,喉咙里像蛤蟆那样叫了半声,遽然翻身起来,去打整那些粮食。她不点灯,只生火,而家有喜事,火是要笑的,她怕它笑,火柴的豆焰舔着柴草以前,她就事先打招呼:

"你要讲规矩啊,这深更半夜的,你不要笑啊,免得吵醒人家了啊。"

久不说话,她声音迟钝,浑浊,但火听懂了,火觉得有道理,从头至尾,一直安安静静地燃烧着。整个屋子都很安静,比睡着了还安静,连母亲把南瓜切成块,放进罐子里炖,炖烂后把苞谷面搅进去,都没弄出任何响动。苞谷面在沸汤里搅拌几下就熟了,父亲把铁罐提进里屋,一家人无声地吃喝。

这期间,住在隔壁的二爸咳过两声嗽,二妈叹过三声气,比桂平昌小七岁的堂妹小翠,在睡梦中哭过几声,每一声哭都是一个"饿"字。

只要出现这样的动静,正吃喝着的一家人都停下来。本来无声,但还是停下来,像防贼一样提防着隔壁的耳朵……

桂平昌相信，直到如今，二爸一家也并不知晓他们在四十多年前那个深秋的夜晚，喝过南瓜糊糊。在他眼里，人世间的所谓秘密，莫过于此。

所以，当他进入那个洞子，看到那件东西时，有种天塌地陷的感觉。

二

　　这是农历七月末的某个午后,桂平昌背着麦冬,走在回家路上。山深林密,热空气呈块状挂于树枝,躺于路途,他每跨一步,从头到脚都被热空气扑打。山里啥都熟得晚,这正是挖麦冬的好时候,但他打早出门,上坡下坎,走了不下三十里地,热出满身的痱子,也只挖了半花篮。

　　现在山里人少了,要找到山货却不容易。几年前,十几年前,二十几年前,当大多数山里人还没出门打工,也没把家搬到镇上去的时候,涌起过一波接一波的风潮,捉蛇、捕鸟、套黄羊……将这些活物或尸体,牵线子似的卖往城镇,兰草、大黄和麦冬,同样如此,都是连根拔,须子也不留下,有的还没等到蓝白色的花朵完全萎谢,就拔走了。大山里要长出这些,再不是从根子上长,也不是从种子里发芽,而是要老天爷重新创造一遍。

　　桂平昌固执地守在这里,便只能靠山吃山。不过,大山再贫痒，也足够养活他，即使再来一场四十九年前那样的大旱，一时也饿不到他，因此他有理由把日子过得舒心顺气。特别是邻居苟军离开过后，他不仅舒心顺气，有时候还相当满足，相当快乐。比如在这个闷热的午后，他翻过牦牛岭，下了大地垮，再钻过密匝匝的青冈林，到了离家不到三里地的凉水井，心里就乐得痒酥酥的。

凉水井无井，头上是条悬垂的大沟，由山洪冲刷而成。沟里乱石奔云。当山洪驱石下泄，响如滚雷，地皮彻动，房屋摇晃，小儿啼哭，牲口哀鸣，很有些天昏地暗的末日气象。好在七月末的这天，阳光普照，天下太平。

与青冈林相接的地界，一块巨大的石礅将沟道截断，石礅里侧，略朝下倾，形成石槽，石槽背后有泉眼，长年出水，干净得叶子落进去半年也不烂；石礅干爽的地方，可坐着乘凉，便叫了歇凉石。这真是歇凉的好去处，山风激流般吼叫，再热的天，坐上几分钟就感觉皮子发紧。

桂平昌在歇凉石中间停下来，脱下背绳，搁了花篮，先扑到石槽边灌水，灌得肚皮里哐当哐当响，再双手一撑，两腿一盘，坐下来裹旱烟。

抽烟的时候，他悠悠缓缓地想着心事。

他的心事再散淡，也离不开自己的日子。

他的日子没啥说的！

两个女儿和大儿子，都已成家生子，都举家在外地打工，也都在山下的普光镇买了房。房子空着，逢赶场天，他便跟老婆拿着几串钥匙，去儿女的房子里，敞了门窗，打扫灰尘，并按儿女的嘱托，将电视机开一会儿。儿子早就叫爹妈去镇上住，但桂平昌不愿意。他丢不下农活，也丢不下老屋，他完全不理解有些人能把侍弄了一辈子的土地、住了一辈子的家，说丢就丢了。他觉得自己前世是棵树，一旦站下来，就跟周围的一切倾心相认，就是万辈子的亲缘，老窝子再窘迫，他也不想挪。

　　再说他去镇上干啥呢？儿女都不把孩子给他们带，两个女儿的娃，在她们各自的务工地读书，儿子的姑娘才七个月大，离不开人，她妈就不上班，专门带她。反正不送回来让两个老家伙带。这也好。村里老人带孙子辈，有的带死了——淹死或摔死，有的带坏了——孩子去镇上念书，老人跟去照顾，却管不住，也不敢管，否则就以发脾气闹情绪甚至离家出走相威胁，于是由着他们看电视、玩手机、打游戏，把读书只当成应酬。带孙儿孙女，成了高危职业，个个胆战心惊。可不带又空得慌。住到镇上更空，好像每天的光阴就是用来等死。死迟早会来，不急那一时半会儿，更用不着费心思去等。

　　像他桂平昌这样，住在老家就好多了。

　　老家有活干，忙时忙农活，闲时挖山货。

　　抽完那袋烟，汗湿的衣服早已干透，身上凉飕飕的，桂平昌把烟蒂从竹管里磕出，将烟嘴在砂红色的手掌里旋了两圈，揣进荷包，接着像穿衣服那样，把手伸进背绁，准备离去。

如果不是起身时打了个趔趄,事情可能就不会发生。

趔趄之后,他又坐下了。

他说:

"撞你妈的鬼哟!"

其实是山风卸了他的力气,加上腿一直盘着,麻。

他是很好面子的人,早些年的某个清早,他挑一担粪去地里,不小心滑倒,他顾不得痛,左顾右盼,确定没人看见,便在粪汁四溢的泥地上笃屁股,狠狠地笃,笃了十几下,只差没把屁股笃平;他以这样的方式惩罚自己。他不容许自己挑一担粪上山竟然滑倒。现在虽说上了年岁,也不该背半花篮麦冬就打趔趄。跟那回一样,他坐在地上,四处瞅。村子空了,毕竟还剩了十多个人,他不想让任何人看见自己刚才的样子。

这一瞅,没瞅见人,却瞅见了十余米高处的一大丛麦冬。

好家伙,将它挖起来,足够把花篮装满!

麦冬的叶子像被梳过,根根下垂,碧绿得只想搂住了啃几口。它生在沟道右侧的崖壁上,或许是险了点儿,高了点儿,更主要的是周围长满了深绿的马儿芯草,把它挡了,才长时间地没被发现。

他激动得又骂了一声,骂的还是那句话:

"撞你妈的鬼哟!"

然后脱下背绁,从花篮里取了点锄,攀着乱石往上爬。

十多天前下过一夜暴雨,发过一场山洪,接着便是日日不缺的红火大太阳,石头干得起壳,然而,山洪跑过的痕迹依然清晰可见,那是如刀刻的水印,还有虫子密密麻麻的尸首,那些尸首都只剩一张皮,紧贴在石面上,像石头长出的花纹。虫子们毫不怜惜地让自己的脏腑消逝不见,只把皮留下来,仿佛它们的脏腑并不重要,皮才重要。桂平昌在石头上每抓一把,都抓下满把的皮屑。

爬到最靠近麦冬的那块赭红石条上,才发现高度不够。脚尖踮起来,手尽力伸直,直扯得肋骨痛,还是不够。幸好离麦冬不远处,有棵从岩隙生出的马尾松,松树的一根垂枝,有斧柄粗细,他逮住试了试,牢靠得很。接着又察看地形,攀上崖壁,骑在树脖子上,完全可供他挥点锄。其实不要点锄也行,崖壁土层薄,使了劲儿扯,想必能扯起来。但他还是把点锄往土里一挖,固定住了,再握住树枝,身子奋力一荡,两条腿耸上去。

他本是把脚朝山壁上蹬的,却踏倒纷披的蔓草,脚尖从壁身钻了进去。

就这样,他发现了那个洞子。

三

　　他不该多那一点好奇心，大山里有个洞子太正常了，前面说老君山有数十个洞子，实际谁知道呢，说不定有上百个、上千个，动物们靠那些洞子栖身，躲避天敌，生儿育女；成日里奔走的风，深感奔走的劳苦和寂寞，也仰仗那些洞子弄出一点或恐怖或好听的声音，给自己大荒般的生命添些内容。再说洞子本就是山野的窍孔，山要靠它呼吸，小小的一个人都有九窍，一架山该有多少？仅从桂平昌有据可考的高祖辈算起，桂家扎根老君山，已历五代，他不可能不懂山，不可能不懂关于山的道理。可是那天，他还是从壁上取下点锄，除去蔓草，把洞子亮了出来。

　　是一个圆口洞，里面暗沉沉的。

　　很久以后，桂平昌也说不清自己当时为什么要钻进去。是想捉蛇吗？上个月，县电视台天天晚上播一部情景剧，说的是曾经在这片山川繁衍生息的远古巴人，被秦兵追杀，不断败退，退到了县城以西的千峰大峡谷,并在那里组成了一个新的部落;桂平昌是不是想,现在蛇也被追杀,也不断败退,巴人退到了千峰大峡谷,蛇就退到了老君山的这个洞子里?果真如此,里面就也可能藏着一个蛇部落,将其一网打尽,卖到镇上的餐馆酒楼,就能发笔横财了。

但那是不可能的。他知道不可能。那一波接一波的风潮过后,山里的蛇几乎绝种。当然照旧有贩子收蛇,贩子们给的价,比镇上的餐馆酒楼给的,高出很多;他们是卖到县城去,甚至卖到成都重庆去。可价钱再高,山民也只能吞冷口水,因为很难再找到蛇,赶场天谁要是带着根拇指粗的小蛇上街,就一路地被惊叹、被羡慕,问是从哪里捉来的,如果自己也去过那地界,而且比卖蛇人先去,却没把蛇弄到手,就骂自己的祖宗八代,咒自己的眼珠子遭麻老鹰啄。

很久以后,山民才得知,蛇并没绝种。蛇只是在山里绝了种。它们在山里扎不住,就偷偷下山,朝镇上迁徙。那些冷血而忧郁的生物,是在怎样一个月黑风高的夜晚,在大山睡去之后,拖儿带女,离开了世代祖居的家园。

遗憾的是,它们不知道自己不是人,人在山里有房子住,去镇上也有房子住,蛇以为自己在山里能打洞,去镇上也能,结果镇上全是水泥地。与水蛇对应,山里的蛇被称为泥蛇,可是水泥不是泥。面对崭新的世界,基因遗传给它们的本领,悉数清零。于是纷纷朝河沿跑。河沿的某些地方,也是水泥,好在不全是,还留着真正的泥。可蛇们不知道的事情实在太多了，它们落入了另一个陷阱。

从镇外流过的清溪河，是一条峻急的河流，春夏秋三季，高兴了涨一场水，不高兴也涨一场水，那些在河岸存身的泥蛇，尽管并不怕水，但不能在水里久居，闻到生水的腥气，见了洪水的潮头，便慌忙钻出洞穴，爬向高处。这正好。高处是滨河路，滨河路以里，就是成排的餐馆，餐馆里的老板和大厨师傅，包括闲逛的居民，如果正逢赶集，就还加上赶集的农人，或赤手空拳，或拿刀执杖，对蛇紧追不舍。蛇慌不择路，要么被活捉了，要么被砍死了。

不愿被活捉，也不愿被砍死，就没入水中自杀。

桂平昌就亲眼见过一条自杀的蛇。那条丈多长的乌梢蛇，刚爬上滨河路的红砖地，五六个人就朝它奔过去，它头一扭，悲伤地看着身后崖坎下的浊水，稍做犹豫，就把自己扔了下去。不幸的是，那里是个回水荡，它又不敢游向远处。几分钟后，它冒出头来换气，迎接它的，却是石头和竹竿。它干脆沉入深处，不再起来。当它起来的时候，身体像根烧焦的棍棒，黑的，直的。它死了。

曾经——那是很久以前了，县文化馆有个姓孙的老师，到老君山东游西荡几天后，回去接受县电视台采访，说山里人捉蛇，命都不要，说有个叫苟军的，出去一趟就捉回几十根，并不往口袋里装，而是满身捆扎，长的捆在腰间，短的捆在腿上，更短的捆在胳膊上,最不可思议的是,还把蛇捆在脖子上,刚出生的幼蛇,就挂在耳朵上,蛇在他的下巴和脸跟前,吐着信子,流着涎水,而他根本不往眼里去。问他:"不怕蛇咬?"苟军回答:"怕的时候才怕,不怕的时候就不怕。"

孙老师感慨,说而今的山里人,不再珍惜自己的物态了。

桂平昌不懂什么叫"物态",但他会想:如果我也变成了一条蛇,或者变成了一只甲虫、一只蚂蚁……他这样想,并非就不捉蛇,直到他目睹了那条自杀的蛇,才彻底收手。别说很难碰到蛇,就是碰到了,他也不再把它们看成钱,而是看成命。命常常用钱去计算,其实命跟钱无关。

因此,农历七月末的那个午后,桂平昌钻进那个洞子,他不承认自己是想去找蛇捉。即使那洞子里藏着一个蛇国家,他也没想过要去把它们变成钱。

他只是迷迷瞪瞪就进去了。

洞口不大,跟那种老式炉缸的口子差不多,因此他是把自己折叠之后,一段一段送进去的。洞子也不高,一米六七的桂平昌,腰一伸就撞头。光线似有若无,但那只是不超过半分钟的事情,半分钟后就明亮些了,仿佛他打开了一盏节能灯。

原来,这不过是个平平常常的洞子,大约五十平方米。

如果有五千平方米就好了,他就可以去报告政府,说不准还能因此获得一笔奖金。近几年来,政府打造旅游,一段荒烟蔓草中的石堆,也找几个文人来编故事,说那不是石堆,是残存的古道,且不是普通古道,是直达长安的荔枝古道,当年杨贵妃吃的荔枝,就是从这古道上送去的。发现一个万木丛中的小水塘,就说那不是一般的水塘,是七仙女洗澡的地方,因此那水不能碰,碰那水就相当于摸了七仙女的肌肤,仙女能摸吗?仙女是不能摸的,除非你觉得自己也是神仙。不远处有棵巨大的古木,古木上有个树洞,说是雷公藏身处,七仙女洗澡的时候,雷公就躲在那里偷看。连雷公也只敢偷看呢!……

真有个五千平方米的山洞,要装多少故事?故事越多,越离奇,外地游客越有兴致,越愿意不辞辛劳,把钱送来。

然而不是五千平方米,是五十平方米。

五十平方米就太平常了。

既然平常,应该粗粗地瞄一眼就退出来,但桂平昌似乎怀着某种期待,他不信五十平方米的洞子里,空得啥也不装。于是他朝深处走去。

所有山洞都有的气息——那种类同于金属的气息,越往深处越浓,浓得像固体。深处的光线也更暗,可他隐隐约约看到,靠近山壁的地方,仿佛有块长条形的石头。他打算证实了那块石头,就出去干他的正事。

结果不是石头,是一架白骨。

平躺着的、完完整整的人骨。

四

回到家，桂平昌没吃午饭，就躺到床上去了。

挖半花篮麦冬就累成这样，在他还是头一次。

他老婆对他的累非常不满。他老婆名叫陈国秀，陈国秀觉得，你要是挖了一百斤麦冬，不要说回来就往床上躺，你还在院坝就躺下去，我把你往床上抱，你也有那资格，可事实上，连叶带根，不过三四十斤，将块根摘下来晾干，也就八九两，你有什么颜面累成那样？她对床上的男人说：

"不想去挖地，就打明里讲，见不来那副充军样！"

"充军"这个词用来骂人，在老君山是毒骂。老君山属大巴山余脉，古巴人从鄂西迁徙于此，后遭遇灭顶之灾，千载之下，这里又成为热弹横飞的战场，也是历史上著名的流放地，战争、迁徙和流放造成的伤痛，被先民埋进骨血，代代相传。山里人活得累，话也尽量往少处说，对那种伤痛只用两个字概括：充军。

因为伤得深,骂起来也格外狠。

老婆脾气不好,这是最近十多年来,桂平昌唯一感到遗憾的。但也不十分遗憾。他知道老婆的坏脾气是怎么来的。不管她喷出多么难听的恶言,他都不计较,也基本不搭腔。今天更是,因为他完全没听清她在说什么。

陈国秀不知道他听不清,狠着劲儿又骂了几句,才无奈地扛着锄头,独自出门去了。她同样没吃午饭。她本是等着男人回家,一同吃了饭,再一同去挖地,可男人既然那么不中用,她就得一个人干掉两个人的活,腾不出空来吃饭。反正饿一顿又饿不死人。

陈国秀一走,桂平昌就打起了摆子。

是吓的。

他本来就不是累的,是吓的。

发现白骨后,是怎样钻出洞子,梭下崖壁,背着花篮跑回了家,他一点也记不起来了。是怎样躺在了床上,同样记不起来。是白骨在追着他跑,也是白骨把他摁到了床上。陈国秀甩门的声音,使屋子动荡,阳气也跟着漾开,让他回魂。他把自己掐了一把,虽不甚痛,却让他感觉到了身体的存在,随后五官归位。他抬了抬眼皮,瞧见了床顶斜上方的亮瓦,还有那只去年就在亮瓦底下安家落户的蜘蛛,也才明白:自己现在是在家里。

洞子里怎么会有白骨?世世代代,老君山死了人,都是入土为安的,且各家都有祖传的坟山。在兵荒马乱灾岁相接的日子,有些人家死了娃，可能简便处理：把死娃子装进坛子，放进某个能遮风避雨的岩埕。老辈人说，上世纪三十年代初，军阀刘存厚在老君山跟红军打仗，打得到了五月间，树叶子还不敢长出来，战火刚熄，散匪又至，散匪挨门挨户抢，稍不称心，就把人往林子里吊，有的吊得太久，吊断了颈项，只剩个脑壳挂在高枝上——即便在那时候，再穷再苦的人家，也不会将死娃裸放进岩埕里。

何况桂平昌发现的，分明就不是个娃。

娃没有那么大的头骨。

九年前的五月初二，同院的孤老婆婆张大孃死的前几个月，她去扯伙岩捡干柴，在岩埕里见到一个釉彩坛，将皮面上的灰土抹去，坛身完好无损，光洁如新，遍体烘制的映山红，叶子青葱，花朵怒放。张大孃正需个家伙腌咸菜，就将它背回了村。盖子封得太死，完全像跟坛身长在了一起，张大孃又是用开水淋又是用热醋泡，费了好些力气才启开。启开后从里面滋出一股玄黑的阴气，寒彻肌骨。待阴气散尽，张大孃把坛子扣过来，倒出了一堆人骨，别的骨头都碎了，只头骨是完整的，仅兔头那么大。

而这个人的头骨，能把张大孃背回的头骨装两个进去。

白骨来历不明。

多半是一起凶杀案。

五

事情很可能是这样的：某个星月无光的夜晚，一个人将另一个人杀死，然后把死者背进了凉水井上方的无名洞。凶手事先发现或者说提前找到了那个洞子，以为几十年甚至上百年内，不会被第二个人发现，就放心大胆地把死人放了进去，让死人在里面慢慢烂，烂成一架骨头，由骨头再变成石头，由石头再变成灰，而凶手自己则潜回家中，继续过他的白天黑夜。

桂平昌就是这样想的。

他只能做如此简单的想象。

但问题在于，骨头还没来得及变成石头，更没来得及变成灰，就被另一双眼睛看到了。从行凶到暴露，用了多长时间？不会太长的。桂平昌见过无数死去的动物，若吃毒药死的，不能食用，只能扔掉，要是埋进土里，隔那么三年五载，去那地方垦地或起房子，挖出来的就只剩白骨；要是露尸野地，几个月就不见了皮肉。动物如此，人也差不多。凉水井的那个洞子，尽管有深草锁门，无孔不入的空气，却是想进去就能进去，就算洞子干燥，烂得慢些，给一年的时间已经足够。退一步讲，不是一年，而是十年吧，或者二十年吧，小孩子才长大，中年人才变老……桂平昌分明感觉到，那个凶手还活着。

他能背着一个死人爬上崖壁，证明他当时年轻力壮。

发现来历不明的尸骨，应该报案。桂平昌起了床，去伙房找手机。家里只有一部手机，全部功能就是用来跟儿孙通话，如果两口子都下地，要么桂平昌，要么陈国秀，把手机带着，有一人在家，就不带，荷包里揣个东西，干活不方便，当然主要是怕弄丢。

手机放在伙房的八仙桌上，一眼就看到了。

桂平昌抓过来，抖抖索索地摁键。

刚摁两个键，他打个激灵，停下了。

那架白骨的样子让他起了疑心。

在洞里没看仔细，现时回忆起来，却清晰得刺目。

白骨能有什么样子呢？头颅光光生生的，天门处有浅浅的凹陷，额头有个抹斜的坡度，眼眶是两个洞，鼻子也是两个洞，左右两侧，耳朵还是两个洞，挺露出来的牙齿，比活人的牙齿显得更长，长得多。天底下的白骨都是这个样子。那年张大孃背回的骨头，虽是个细娃儿，也是这个样子。

但桂平昌还是疑虑重重。他吓得那么厉害，猛然间见到白骨是一方面，更重要的，是开始就有了疑虑。要说白骨，他挖地也会挖到的，掌骨、肘骨、肩胛骨、胴子骨，都挖到过，有次一板锄下去，直接翻出来一个骷髅，野草惨白而强韧的根须，把骷髅裹住，眼窝和鼻孔里，更是根须成堆；根须是植物的嘴，到处找养分吃。每当挖出这些，他会有片刻的惊悚，但也就是片刻，他很快定了心，把骨头拾起来，淡淡的怅惘里，是跟山野一般旷邈的宁静。他知道这是某个祖先的骨头，多半死于兵灾或集体的饥饿，才没能装殓入棺，埋进祖坟。那祖先活着的时候，很可能也来锄过这片地，他现在是锄祖先们锄过的地。他因此有了感动，觉得自己真的就是一棵树，从自己的前世一路长过来，时光漫长，根子深密。

要不是有了疑虑，一架白骨把他吓不成这样。

他好像认识那个人。

说不出具体特征，可就是觉得认识。

有了这心思，从那架白骨上淌过的光阴便迅速回流，由白骨变成尸体，由尸体变成人，这个人毛孔粗大，皮肤黝黑，自然卷曲的浅灰色头发，一绺一绺的，在头上划出阡陌……

到这时候，桂平昌真的认识了。

是他？

未必是他？

是他。

肯定是他。

——这岂止是认识!

该不该报案,桂平昌犹豫了。

正在他犹豫的时候,同院的吴兴贵回来了。

六

老君山腹地这个名叫千河口的村庄，论面积，比世界上好些国家都大，却只有东西向排列的三层院落，东高西低，其间有渠沟相连。桂平昌住在中间院子，不知为什么，中间院子叫老二房，一辈接一辈的都这样叫。先前，老二房住着十四户人家，后来东走一户，西走一户，没几个春秋，院子就空了，只剩下桂平昌、吴兴贵和光棍汉九弟，前年九弟死了，就只有桂平昌和吴兴贵了。

无论走到哪里，吴兴贵的嘴都打着响片儿。他爱唱骚歌。现在他唱的是：

约妹儿约到芦苇林（呢），
甜嘴儿亲得赛鸟鸣（啰）。
妹儿你莫嫌芦叶割（哟），

快把罗裙儿当草坪（哦）。

都六十多岁的人了，还这么不正经。

吴兴贵从院坝南端走到北端，开了门，有了几分钟的安静，然后又听见他关门插锁，唱着歌走了。

在吴兴贵越发不成体统的歌声里，桂平昌把摁下的两个数字消了。

那个人死了，都死成一架白骨了，从不见人过问，我又何必去多管闲事？

他把手机放回了原处。

因为他不想管闲事。

他觉得管闲事就会被闲事缠身。

但这不是他的真实想法。

他只是用那样的话来欺骗自己。

他真正的想法是：如果他没认错（咋会错呢），洞子里确实是那个人，他去报案，就不是管闲事，而是引火烧身。

他没有罪，同时也相信不会无中生有地给他定罪，但被盘问是免不了的。警察盘问他，不可能爬山涉水地来村子，定是一个电话唤他去镇上，甚至去县城。就说去镇上，也有十五里地，下十里陡坡，还要沿清溪河走五里沙滩和芦苇林。平时，要不是陈国秀逼着，让他隔三岔五就跟她上街给儿女看房子，他才不愿意耽搁一整天活路，累得手脚稀软地去镇上晃悠。镇上有稀奇可看：把舌头像皮筋一样拉成两尺长；命令一根软绳直立起来，然后攀着绳子爬上云端；刀口一拉，豁开肚子，从里面取出一只活鲜鲜的麻雀……这些稀奇以前就有，现在更多。城里不再准许他们摆场子，就摆到镇上来了。但那些东西，看一回就够了。

他真正看不够的，是田土和庄稼。

他可以蹲在一窝庄稼面前，看上大半个时辰。

城里人觉得自己养的狗会笑，猫会笑，桂平昌觉得自己种的庄稼会笑，"你笑啥呀？"他这样问，庄稼是怎样回答的，别人听不见，他能听见，他和庄稼像老伙计一样，细细密密地谈着土壤、天气和年景。跟老婆陈国秀，倒没这么多话说。陈国秀怨他闷，也怕他闷出病来，才经常逼他赶场。他本人根本不想去得那么勤，他觉得如果没有要紧事，三两个月上一回街就可以了，他不信儿女们的房子三两个月不通风就锈了，也不信电视机三两个月不开就坏了。他住的木板房，住了五十多年还好好的。

然而，如果警察唤他去盘问，很可能让他今天去了，明天又去，明天去了，后天又去，直到把凶手抓住，证明了他的清白为止。

要是一直抓不到凶手呢？

那就今年去了，明年又去，明年去了，后年又去。

可既然有人被杀，怎么会没有凶手？

抓不到真正的凶手，被怀疑的人就是凶手。

他是凶手。

——桂平昌是凶手。

想到自己差点报案，桂平昌吓出一身冷汗。

虽没报案，警察也没来唤他，他却有了愁苦。

你不报，人家会不会报？你已经把那洞子亮出来了，别人很容易发现，要是别人也跟你一样，钻进去看到了白骨，而那架白骨像"他"，很像"他"，不仅像，分明就是"他"，警察照样会怀疑你，照样会把你叫去盘问。

赶紧去把洞子捂住好了！

可怎么个捂法呢？将除掉的草种回去？你在种的时候，要是正有人路过，该如何解释？一百种解释也是白搭。一百种解释就是一百种不打自招。再说，庄稼人只除草，不种草，一个种草的庄稼人会遭庄稼嫌弃，庄稼会因此远离你，让你再也种不出庄稼。即使是东边院子著名的懒汉杨浪，从不收拾庄稼地里的野草，可他也从不种草，他让草自生自灭。

最便利的办法，是砍些柴枝，覆住洞口。

但这照样行不通，凉水井周围又不是你的柴山，凭啥去砍？就算砍的时候无人知觉，柴枝过段时间就会干，捡干柴的人就会把它捡走，洞子照样会露馅……

一番挣扎过后，桂平昌对自己相当不满。

在凉水井歇了那阵气，背花篮时打了那个趔趄，他骂了声"撞你妈的鬼"，看到那丛麦冬，他又重复骂了一声，结果真就撞到了鬼。话是通灵的，有些话是说不得的，"说"字的左边是个言,右边是个兑,意思是话说了是要兑现的。他不说那句话,也就不会在他头上兑现。可是他说了。而且说了两遍。

他觉得,把一个人杀了是错误,发现别人杀人的事实,同样错误——对他而言,是更严重也更可悲的错误。

他对自己不满还因为:我又没杀人,我为啥要去捂那个洞子?

话虽如此,究竟心虚。他轻脚轻手地走向门边,耳朵紧贴门板,细听外面的动静。数十年的烟熏火燎,门板上满布炭灰的颗粒,像焊上去的,硌得耳朵生痛。院子里有猫叫的声音。是猫在学院外竹林里的鸟叫,想把鸟引下来,好让它扑。猫学得也算像模像样,可人一听就知道是从猫嘴里发出的,难道鸟听不出来吗?猫是白费力气。但也难说,生生世世,猫们遗传了这本领,证明有用。接着是一声鸡啼,只啼半声就止住了,像在打呵欠。

再接下来,没有了别的声音。

唯有光阴从耳边流走,把几乎炭化的门板擦得沙沙响。

桂平昌打开门,跨了出去。

七

　　院子里脏得很，干的稀的鸡屎，东一簇，西一堆，颜色鲜艳。桂平昌小的时候院子里就这么脏，现在还是这么脏。现在更脏，因为曾经的十四户人家，有十户的房子都垮了。房子立着，有人住在里面的时候，再脏也是家，人离开了，房子垮了，家成了废墟，自然就脏了。脏的不是灰尘和瓦砾，而是阴秽的气息和萧条的气象。这比鸡屎更脏。正像县文化馆的孙老师那回说：萧条是世间最大的脏。

　　住在右手间壁的二爸一家，房子垮得最不成样子。

　　二爸的女儿，也就是比桂平昌小七岁的小翠，是被做高骡子生意的人（人贩子）卖掉的，卖到了新疆，那年小翠十九岁。六年过后，她带着一个比她大十多岁的男人和从五岁到半岁的四个孩子，突然出现在千河口，她领着一家人给父母下跪，然后独自去祖坟上哭了一场，再然后，她抹掉眼泪，苦口婆心地劝父母和弟弟都去新疆落户,说我们新疆啊,比你们这里好多了,新疆平,田地又广。父母既伤心,又高兴,伤心和高兴都让他们不平静,待平静了,就几层院子走动,跟着女儿说新疆的好,好得不得了,比我们这山旮旯好一万倍,好像他们是吃着新疆的米过了几十年,好像他们女儿不是被卖掉,是主动嫁到了个富贵地方。随后,一大家子果然都连皮带骨地去了新疆。

二爸回来办迁移手续时,要把房子以两千块卖给桂平昌,桂平昌想要,却找不出那么多钱,便没接手,也无任何别的人接手,房子就闲在那里,没闲几年就老了,塌了,塌得稀里糊涂。

二爸家的房子塌了,张大孃的房子塌了,冉从勤的房子塌了,贺永胜的房子塌了……一幢接一幢的空屋,都塌了。连前年夏天才死的九弟,他那房子也塌了屋脊。屋脊相当于人的脑门,脑门塌了,便是死相。

院子就是这样变得更脏起来的。

除了桂平昌和吴兴贵,另有两户没住人,但房子还立在那里。

其中一户,男主人名叫刘志康。

刘志康是千河口继杨峰、符志刚、李奎之后,第四个出远门的人。但他跟前三人不一样。前三人出去后,杨峰总共只回来过一次,那次他回来把老婆娃儿领走,就再没露面,听说他成了大富,在省城购下了别墅,经营着地产;李奎出去混了些年辰,先富了,又穷了,之后因偷盗判刑,刑满释放之前不能回来;符志刚倒是每年春节都回来的,但只是溜达一圈就走。而刘志康出门五年过后,却是专门回到老家,将土墙房换成了青砖瓦房。

不过,青砖瓦房还没住出烟子味儿,刘志康又拖家带口,辗转于安康、酒泉、石河子、齐齐哈尔和江浙一带,走到哪,工程就包到哪。又是差不多十年过去,他觉得自己的财运满了格,再蹦跶已无济于事,便回到本地县城,在县城买了房,一家人定居下来。自此,每隔半年左右,刘志康就坐三个多钟头上水船,在老君山脚登岸,爬到村子,看看他的房子,也顺带看看乡亲,他跟乡亲们随便往哪里一蹲,就能摆半天龙门阵,随便哪家请他吃饭,他都答应,随便做什么饭菜,他都吃得很香。最近两年,腿脚不大听他的使唤,他才断了这条路。他那房子的砖缝里,长长短短生着蕨草,蕨草随风摇曳,岁岁枯荣。

另一户,就是苟军。

苟军住在桂平昌的左手边。

算起来,苟军离开已有十一二年,从没回来过,他的房子却不烂,更不垮。那房子也是板壁,在他出生的前一年,由他父亲苟明成起的。苟明成是木匠,据说立架子那天,往房顶扔糖果包子的仪式做过之后,苟明成当众夸口:

"我这房子,一百年不烂,两百年不倒!"

这是夸口,却不是夸海口,每根梁柱、檩条,每块板壁、椽子,包括窗格、门栓、把手和所有细碎部件,都剔除杂木,全用老柏木做成——这还是其次;更为重要的,是他把一个木匠对木料和房子的愿望,特别是对家和儿孙的愿望,在砍伐的时候,弹墨的时候,钻眼的时候,刨花的时候,点点滴滴渗透了进去。几十年来,千河口百分之八十的老房子,都是苟明成主持修建的,有好多间也全用的是柏木料,可那些房子只要六七年不住人,即使没倒,也做出随时准备倒下的样子。苟军的房子却丁是丁,卯是卯。

当然,这并不是桂平昌关心的。

七月末的这个下午,他来到院坝,不是为了看房子的。

可事实上他就是在看房子。

他盯住苟军的房子不转眼。

八

除用作牛棚猪圈的偏厦，苟家的正房不宽，进深也短，至多也就一百三十个平米。这在农村房子里面算窄的，尤其是大巴山区的农家，火塘大，灶台大，再加上农具和杂物，要好大一间屋子去装。苟家完全有能力把房子修得更宽，却偏偏没有，好像老天爷早就料到，苟家不需要那么宽大的房子。苟明成寄望自家的房舍能经两百年风雨，寄望子子孙孙人丁兴旺，可他就得了苟军这根独苗。

独苗也没关系，大山里面，多的是独木成林。

然而，苟军偏偏连独苗也没留下。

作为手艺人家，家境自然比别人好些，苟军十八岁就娶了女人，比跟他同岁的桂平昌早娶六年。女人名叫孙月芹。这名字简直取封了相，孙月芹的脸盘子，像满月那样圆，像芹菜梗子那样白，苟军和他父母都很喜欢。可嫁过来两年多，孙月芹的肚子还是块荒地，一家人的脸就变了。苟军的脸跟手是连在一起的，脸一变就动手，他拿根黄荆条，把老婆像打孩子那样打，却又比打孩子下手狠，打得孙月芹喊爹叫娘，深更半夜还往野地里躲。开始，当父母的还拦一下，后来干脆睁只眼闭只眼，偶尔还煽风点火。

又过去大半年，孙月芹的肚子一如既往地荒着，苟军手里的黄荆条换成了使牛棍，把老婆像打牲口那样打。孙月芹不敢落屋，晚秋时节，在后山的某个洞子里过了一天两夜，才心一横，带着辘辘饥肠和将近40度的高烧，跑回了对河马伏山的娘家，再不愿过河。

镇子在河这边，她就连镇子也不去。

这样过了三年多，千河口终于有人在镇上看到孙月芹了。她的怀里抱着个娃娃。原来她又嫁了人，婆家也在马伏山。反正又没办证，跑回娘家就算离了，跟另一个男人安排几桌酒席，请三亲四戚和村坊邻里吃一顿，又算嫁了。这次嫁过去不满一年，孩子就生下了，是个男孩。孙月芹在普光镇出现时，孩子已有半岁。她把盖在儿子脸上的手帕取开，欢欢喜喜地让过去的婆家那边人看，也就是让千河口人看。小家伙白白胖胖的，熟睡着，安静得像块云团子。

这事传进苟家耳朵里，苟军父母的脸黑臭了地，见谁都像见到仇人。

苟军本人倒不这样，只是酒喝得厉害。这三年多时间里，他没再娶。他毒打老婆的名声传得很远，村里没人再敢给他提媒，即使提了，也没人愿意把女儿嫁过去受罪，受罪还是小可，万一想不通，朝梁上搭根绳子，往嘴里灌瓶农药，那才喊天。有好几次，苟军想去马伏山把孙月芹请回来，都被母亲臭骂，母亲说，一个寡蛋，请回来做啥子？要回来她自己长得有腿！后来苟军熬不过，悄悄去了，却听说孙月芹已经嫁人了。

桂平昌的大女儿满一岁半的时候，苟军又有了女人。是个过婚嫂，带着个四岁多的男孩儿。孩子不是自己的骨血，苟家当然遗憾，两个老的动不动就用厉声的呵斥和响亮的巴掌，来表达自己的遗憾，但总体说来，一家老小还是日日月月地在往下过。谁知过了不满两年，那孩子就在村外半里地的池塘里淹死了。

孩子的母亲成了大半个疯子，无数次把儿子的坟刨开，将小棺材背到池塘边，即使天寒地冻，也提着斧子，去把池塘里半尺厚的冰层锤个窟窿，跳进冰水捞儿子的魂，说把儿子的魂捞出来，儿子就能活了。她这样疯了些时日，就从千河口消失了。谁也不知道她的下落。据说，跟她一同消失的，还有她儿子的尸骨，但没有人去证实，那小人儿埋在苟家祖坟里，傍着山壁一棵脱了皮的桉树，本就是个不显眼的土包，被他母亲刨来刨去，连土包也看不出来了。

从那以后，苟军秋月春风，送走了母亲，又送走父亲。

他父亲苟明成死的前一个月，备着酒肉，把桂平昌请进了家门。

他请桂平昌,是要跟桂平昌立字据。

关于产权的字据。

首先是地产。苟家和桂家之间,有条两米宽的夹巷,多年以来,人们从这条巷子上山,也从这条巷子回来,但产权属于苟、桂两家。

其次是院外的竹林。竹林是老二房的另一堵院墙,凤尾森森的,分属四家,苟家的与桂家的挨着,中间界着盈尺宽的水沟,水沟右边属苟家,左边属桂家。这是早有定论的,苟明成之所以要在尽管表面看不出有什么病,却深感自己来日无多的时候,明明白白立了字据,让桂平昌和苟军签字画押,是为儿子忧。

儿子独门单身,看样子将来也找不到婆娘,即使找到婆娘,也无子嗣,而桂平昌,大女已说了婆家,二女已念完小学,儿子的开裆裤已换成连裆裤,接下来肯定还不会罢手,还要继续生,他老婆陈国秀有副好胯骨,左右撑出来,像两只耳,这样的女人特别能生,稍不留意,就会两腿一劈,屙出一个。她已经屙了三个了。她身体里的那条道路,就像树槽,滑第一根树下山,槽道有些滞涩,树要自己找路,滑第二根树下山,路就是现成的,滑第三根树下山,那条路就成了康庄大道,四根五根、六根七根,唱着歌子就跟来了。多半还有带把儿的。说不定,第四个就又是个带把儿的。在未来的日子里,桂平昌必将儿孙满堂,苟军却是孤家寡人,若发生产权纠纷,他哪斗得过桂平昌。

桂平昌记得,那天他们把酒喝得很愉快,他跟苟军以兄弟相称，两人端着杯子，倾心吐胆地说老半天亲热话，才脖子一仰，喝个底朝天，接着又把酒续上。

喝到快结束时，陈国秀来了。

陈国秀站在门口，倚着门框，说了几句难听的话，桂平昌还把她骂了。那天的气氛实在太好了，陈国秀不该翻旧账，更不该把话说得那么难听。

但事实证明陈国秀是对的。既然你对产权一清二楚，为啥总是把手伸得那么长？为了院外的竹林，桂家不知道受了他苟家多少的欺负。苟明成做墨斗、做尺子、编背篼，让儿子去砍竹子，砍的都是桂家的竹子。你要是支吾一声，砍几根竹子也不值啥，可偏偏不。苟明成知道苟军砍的是谁家的，也不下个话。正是舍不得自家的竹子，他才故意让儿子去，自己好装聋作哑。这点儿小心思，瞒得过桂平昌，瞒不过陈国秀。甚至，苟军在自家竹林里见了竹虫，也一只一只捉下来，放进桂家的竹林。这是陈国秀亲眼看见的。

九

苟明成立字据是为了保护儿子,但苟军不需要他的保护,更不需要字据的保护。老爹死了没多久,他干脆把手伸得更长些,将桂家的竹林霸占了。

没明说霸占,只理直气壮地去砍桂家的竹子。以前去砍,还要瞄一眼桂家门,现在懒得瞄那一眼,提着刀,直接就去了,去得明目张胆。

霸了竹林,又打起巷子的主意。

他把阶沿下的柴草,包括花篮、蓑衣、斗笠之类的杂物,都移到了巷子里。当年的先祖,只说巷子属苟、桂两家,但各占多少,并没说清,因此才都不去碰,留作公用的通道。苟明成拟那张字据时,以为巷子千年万载都只能用作通道,各占多少同样没说清。但毕竟说了两家共有。而苟军却在父亲尸骨未寒时,就一人独占了。他这一占,彻底改变了院里人通向后山的路。

千河口大部分田地都在后山,且多在老二房上头,所以苟军改变的,不只是老二房的路,也是整个村庄的路。

只好从屋后一片空地上绕。

说是空地,其实是坟山,那片坟山没有主人,以前听张大孃说,它的主人嫁到了远路上。那时候张大孃还很小。这意思是,张大孃还是个小女孩的时候,坟山的主人是个女主人。女主人家的男人,名叫裴颂云,在重庆任军职,不知为什么事,得罪了人,被对手暗算,遭了枪决,女主人将裴颂云的尸首运回来,埋了,她就在千河口住下来。此前,千河口人从没见过她。也听不懂她说话。于是她不跟人说话,也不栽秧挞谷、养牛喂猪。可她不缺吃穿。她比千河口人都吃得好,也穿得好。她的好吃好穿,都由兵丁挑着担子从山下送来。送了三年,供她为男人守满三年孝,她又走了。听说去的还是重庆,而且是嫁到了重庆,嫁的人,就是先夫的对手——那个把先夫置于死地的人。

裴家祖上就在重庆为官,可连续几代,都遵从叶落归根。自从裴颂云的奶奶去世,他家老房子里就没有人,裴颂云死的时候,他奶奶已去世二十多年。在那二十多年里,平时见不到裴家人,见了,就一定是有亡人送回来。送亡人回来时,除了修坟山,还把老房子也修一修。毕竟有钱有势,修的坟山都是石头砌的,包括裴颂云的坟山,也是石头砌的,而且不要村民插手,匠人都从别处带来,手艺精湛。这么多年过去,坟山完好,只是看不大出来了,因为坟与坟之间,长满了竹子,慈竹、斑竹、金竹、水竹,都有,蓬蓬勃勃,四季葱茏,连竹鸡在里面打架,也看不见它们的身影,只听见怒吼和啼鸣。

要从那里绕路,只能绕冤枉路。那里本来没有路,现在是要从坟山后面走出一条路。在千河口人看来,路离坟山不能太近,太近了是对死者的不敬,虽然裴家人早就扔掉了千河口,但裴家的死者还在,何况死者就是死者,也不管是谁家的死者,都应该尊重。如此,就不是绕十步八步,是绕了将近半里。

绕那一点冤枉路虽然憋屈,也还不打紧,打紧的是坏了若干辈人的习惯。一条路走上三代,就成了骨骼的一部分,后辈受孕成胎,趾骨和脚掌上就带着那条路的纹理和方向,而现在,纹理也好,方向也罢,都得修正了。

修正是要经受阵痛的,大伙怕痛,就去找到桂平昌,说苟军咋那么霸道啊,要占巷子,也不该他一人独占。他们的意思,是让桂平昌和陈国秀出面,请苟军把巷子腾出来。对此,陈国秀洞若观火,她想的是,苟军霸占我的竹林,你们为啥屁都不放一个?她不仅没叫苟军腾,还把自家的柴草也往巷子里堆。里面已没多少空间,但总能挤出一些空间。

苟军抽着烟,默默地看着她忙碌,次日一早,他起床煮猪食,抱的却是桂家的柴禾,且是木质坚硬火劲最足的青冈棒。

只要去过问他几声,打一场架就在所难免。

苟军不喜欢吵,只喜欢打。桂平昌打不过苟军。桂平昌全家上阵,也打不过苟军。苟军粗大的毛孔一偾张,身体就肿起来,一嘟噜一嘟噜的疙瘩肉,在黝黑的皮肤底下呼啸奔跑,像在调集军队,自然卷曲的头发里,还缕缕冒着青烟。桂平昌和陈国秀,都多次被他拿扬权叉在地上,叉住了用脚踢,还被他坐在屁股底下,想打一拳就打一拳,打累了就坐着抽烟。他甚至用胳膊去锁桂平昌的喉咙,桂平昌憋不过气,舌头都掉出来。

桂平昌独自疗伤的时候,总要想起立字据那天的情景,他和苟军不是以兄弟相称吗?不是倾心吐胆地说了许多亲热话吗?他慢慢明白了,所谓倾心吐胆,只是他一个人的倾心吐胆,亲热话也只是他一个人的亲热话。

苟军不在场,桂平昌被村里人同情的时候,他放过狠话,说总有一天,他要收了苟军的命。不过大家都知道,这无非是私底下过过嘴瘾,且不说桂平昌有没有那个能耐,他先就没那个胆子。至于桂平昌的儿女,那时候都没成人,就像庄稼没收进粮仓,能不能填饥喂饿,还难说得很。

正像苟明成预料的那样,陈国秀接下来又生了个儿子。这是桂家的老幺。尽管在苟明成眼里,陈国秀能生,可从此以后她也没再生,除了生不起,还因为不想生。不想生是因为不想做另外的事。这是后话了。桂家是两儿两女。桂平昌确实把收拾苟军的希望,寄托在儿女——特别是儿子——长大过后。没想到儿子真的长大了,天南地北地打工,把家乡的那点儿鸡毛蒜皮,根本就不放在眼里,更不放在心上。尤其让桂平昌没想到的是,还没等到他儿子长大,苟军就干净利落地丢下老家,去了老君山人从没听说过的远方。

那个远方名叫塞拉利昂。

苟军有天去赶场,在镇上碰见几个招工的陌生人,说是招涉外工,去塞拉利昂,搞建修,每月工资能拿到一万二。他被他们说动,就跟他们走了。

关于这件事,是李奎的父亲李成传回来的,李成又是听外村人讲的,老二房人只知道苟军有一天锁了门,就再也没把那扇门打开过。

十多年过去,他的房子百虫不侵,门上的铁锁却早已锈蚀,铁锁本用绿漆漆过,绿漆脱落后,变成黑色,现在是土黄色。

桂平昌承认,他巴不得那把锁一直烂下去。

烂成渣,烂成灰。

然而,在这个七月末的下午,他发现那把锁没有烂,阳光照着刘志康家的砖墙,碰出青色的反光,其中一束,刚好落在苟军的铁锁上,铁锁也成了青色,像一簇正在生长的植物。

那房子里,分明还聚着苟军的魂魄。

他去塞拉利昂的事,很可能只是谣传。

本来就是谣传,苟军并没有远离。

他从来就没有远离。

他就在凉水井的那个洞子里!

十

如果报警,首先被怀疑的,只能是他桂平昌。

苟军蛮横,不讲理,说棒棒话,但跟村里别的人,毕竟很少把脸皮撕破,只有一回(那日子好记,是1999年的最后一天),为点小事,他和吴兴贵闹翻了,他闯到吴兴贵门前,捋着袖子,要打吴兴贵。跟桂平昌之外的人闹得这么厉害,绝无仅有。怕他躲他是一回事,还因为他父亲是木匠,且是千河口唯一的木匠,兴房起屋,添家置具,还有给女儿办嫁妆,为老人割棺木,都有求于他,即便有了不满,也窝在心里,忍一忍就过去了。

可做他的邻居就不同了。

既惹不起,也躲不起。

俗话说远亲不如近邻,而事实上,真正能把邻居做得勉强像个样子的,至多也就十之一二。何况是跟苟军做邻居。他家的鸡可以随便到桂家的阶沿下刨虫子,可以吃桂家晒在院坝里的粮食，可以蹲在桂家的门槛上屙屎，而桂家的鸡若是进了他的地盘，能打死就绝不饶命。

在桂平昌的记忆里，自从他和苟军去普光中学念完初中，一同回家务农过后，苟军就经常生出各种岔子，找他的麻烦。待他娶了陈国秀，就不只找麻烦，还想尽花样欺辱他，好像觉得他不该娶女人，也没资格娶女人。他要让他在女人面前丢脸，让女人瞧不起他，不跟他好生做夫妻、过日子。然而，陈国秀嫁过来，半年后肚子就盔圆了，那是大热天，穿得单薄，一股风吹来，把衣衫掀开，见她肚脐眼都笑嘻嘻地鼓翻了。从那以后，苟军更是觉得桂平昌欠了他一样，要桂平昌偿还。仇怨就是这样结下的，年年月月，积成池塘，积成深渊。

这些事情，千河口的人知道，鬼也知道。

苟军不明不白地成了白骨，不怀疑他桂平昌，还怀疑谁？人死了就不是人，而是证据，这证据把他跟苟军的仇怨联结起来，他跟苟军的仇怨，又跟杀死苟军的凶手联结起来。说他没那个胆么？羊子急了也要顶你一角、咬你一口！

桂平昌决定，关于那个洞子里的秘密，就让它成为永远的秘密好了。不能报警，也不能告诉别人。连陈国秀也不要告诉。妇人家不知深浅，只以为人不是自己杀的，就到处嚷嚷，而世间的许多事情，是跟鞭炮一样的，嚷一声就把自己炸了，嚷得越响，炸得越碎。

可是，蒙住眼睛就能装瞎子吗？堵住耳朵就能装聋子吗？

好像不能。

要想万无一失，还得去把洞子捂住。

不捂住，它就亮在桂平昌的胸口，任何人朝里一看，都能看见他的五脏六腑。

……当真需要去捂住么？

当然。

那还用说！

既然这样，那就去吧。

要做就做得滴水不漏。思来想去，最妥帖的办法，依然是把除掉的马儿芯草种回去。马儿芯秆深叶密，遮挡面积大，加上叶口锋利，割牛草的人也不会割它。至于种了草会被庄稼嫌弃，也只能让它嫌弃了。儿子不是早就让爹妈去镇上住么，真的种不出庄稼，就听儿子的，跟那些住到镇上去的村民一样，不再关心太阳，也不再关心雨水，看时间不是从天色里看，而是从钟表上看。其实也没必要关心时间，没带孙儿孙女读书，时间就不存在，每天晚上窝在沙发上看电视，看到睁不开眼睛，就在沙发上睡了，第二天啥时候起来，完全看自己想不想起来。

这么决定过后，桂平昌进屋，拿上点锄，锁了房门，出了院坝。

院坝右侧，有条陡窄的石梯，春夏秋冬，石梯上都铺满竹叶和笋箨。张大孃的房子就在旁边，当然早就是一堆废墟了，张大孃吃了四个多月用那口彩釉坛腌的咸菜，就死了。房子成了废墟，堡坎也龇牙咧嘴地暴开，废墟和堡坎的缝隙里，生着藤蔓和灌木，两三年前，站在院坝里还能看见坛身，距坛子不足米远的地方，是一张撑着蚊帐架子的大木床，证明张大孃是把坛子放在了卧房里，现在，坛子和木床都被藤木吞掉了。

桂平昌本来早已淡忘了那个装过人骨的东西，这时候却刻骨铭心地想起了它。他快步走下石梯。刚走到石梯下面的土路上，又立即打了转身，回家背上了花篮。花篮可以当他的掩护。同时他还想到应该去把那丛麦冬挖掉。

要是有人跟他一样，发现麦冬后攀上崖壁，也跟他一样，发现了那个洞子，并钻进去，发现了洞里的白骨，还看出了那是苟军的白骨，照样要怀疑到他。

所以必须把那丛麦冬挖掉。

从土路横插过去，经过淹死苟军养子的池塘，再过一片旱地和杂木林，就到了凉水井。这条路，桂平昌走了几十年，现在却不是他熟悉的路了。既不熟悉这条路，也不熟悉他的家。他觉得自己把路丢了，也把家丢了。下午三点多钟，太阳明晃晃地照着，他却感觉不到，他眼里的般般件件，都是暗沉沉的阴影。这时候应该很热，比他两个钟头前回来时更热，可他也感觉不到热。非但感觉不到热，还浑身发凉：冰凉，透凉，窝心凉。

这一切都是怎么发生的？

是因为贪那丛麦冬，更因为那架白骨。

他恨自己的贪，更恨那架白骨。

那个恶人，活着时欺负他，让他过不安生，死了照样欺负他，照样让他过不安生。

十一

平心而论,他没有对不起苟军的地方。他比苟军大二十七天,两人一同去鞍子寺小学念书,后来又一同去普光中学念书,都在同一个班,彼此确实少于交往,放学或放假,碰上了就碰上了,从不相约回家。

但桂平昌从没去老师那里告发过苟军,更没和其他同学一道暗算过苟军。

上初中过后,苟军就周身长刺,两句话不对路,或一言未交,只因他看不顺眼,就踢人脚尖,扇人耳光。同学们都怕他。他那一身黑肉,就是为了吓人的,况且他还在跟镇上一个姓何的屠户习武。何屠户又瘦又矮,与人们印象中的屠户大不相同,但都说他猪杀得利索,功夫更是了得。苟军每个周末去他那里半天,帮他烧水,递刀,清理肚杂,打扫屠场,忙碌的间隙,何屠户会教他几招,回到学校,每天凌晨四点一过,他就起床练那几招,酷暑寒冬,从不间断。学校礼堂外面有棵百年洋槐树,树身长满岁月的鳞片,粗硬,齐整,威严,然而,在一米多高的地方,却伤痕累累地露出黄肉,据说就是苟军练武时抓的。

人言,习武的人,武功越来越高,胆子越来越小,这叫武德,而苟军是武功长一分,胆子大两分,他习武就是为了欺负人。

欺负的人多了,相当于在自己脚下掘了一条深阔的壕沟,再好的马也跃不过去。无人成头,被欺负过的同学便自动结成联盟,能在瞬息之间,组成分工明确的战斗集体:放哨的,引诱的,出手的,一应齐备。

出手不是打他,既不明打,也不给黑拳,而是从别的方面暗算。宿舍是平房,寝室里搭着两排通铺——钉几根长木杠,木杠上钉板子,同班的三十多号男生,就挨挨挤挤睡在上面;宿舍门外是条阳沟,水流不畅,洗碗水倒进去,饭渣泡得发肿,像蛆,深更半夜,那些遭尿憋醒的,不想跑到阳沟尽头去上厕所,也就近撒在沟里,有的把屎也拉在里面,即使落雪天,臭味也能钻肉。暗算苟军,就是把他的衣服、鞋子和枕头,扔进臭水沟。

初中两年,至少有一年半,苟军身上都弥漫着臊尿和大粪的气息。

桂平昌记得,初二上学期快结束的一天,朔风凄紧,把校园的路吹得发白,把身上的衣服吹得梆硬,脸上疼得慌,是被风割开了血口子。但那天上晚自习课,苟军却是打着赤脚进了教室:

吃晚饭时，有人见他进了食堂，就把他放在床底下砖头上的煨鞋扔进了阳沟（寝室里润清得很，垫了砖头放鞋子，放箱子，才霉烂得慢些），正好他穿在脚上的单层布鞋，又在去食堂的路上踩进了水窝子。这样他就没鞋换了。他跟桂平昌一样，只有两双鞋，且都是母亲扎的布鞋，买不起胶鞋。在村里的时候，他以为自己家里富，到了镇上，才发现自己也是穷人。他当惯了富人，不想当穷人，可他就是个穷人。

当天夜里，苟军躺到床上去，头刚落枕，猛然间又翻起来，因为他的枕头也是湿浇浇的、臭烘烘的。

如此收拾苟军的事情，桂平昌一次也没参与过。

当然，苟军那时候也没欺负过他，欺负他是后来的事情。可有些同学没被苟军欺负，照样要暗算他。桂平昌从来没有。

但是苟军偏偏不放过他。

死了也不放过他。

桂平昌既忧伤，又委屈。但他并没忘记了自己的使命。走在去凉水井的路上，他看路的时候少，看人的时候多。他怕看到人，又希望看到人。看不到人，他觉得自己鬼鬼祟祟，看到了人，他又被迫撒谎，还要担心别人是否相信他的谎言。比如他说去挖麦冬，这是真话，他的确要去挖麦冬，可这真话里面分明埋着谎言。如果别人再问：都半下午了，去哪里挖？他会觉得别人是在逼他，把他像剥洋葱那样一层一层往里剥，更会觉得，别人已经知道了那个洞子，也看见了洞子里的白骨，并且怀疑上他了，早在暗地里观察着他的一举一动。

山川寂寥，只偶有一只鸟无声地掠过。没有人声，也没有人影。吴兴贵两口子肯定到老鹰嘴打扫塆坎去了，那地方背梁，吴兴贵唱歌的声音再大，这里也听不见。前几天，符志刚的女人夏青，上下午都在池塘附近的菜地里，撅了屁股掏排水沟，菜地边堆着好些石头，她操着杠子，一寸一寸把石头往底下的荒地里挪，才挪走三分之一，排水沟也没掏好，可今天她偏偏没来。很少干农活，只爱在山野间闲逛的杨浪，也不知躲到了哪里。

桂平昌的眼里越来越黑。

他已进了杂木林，很快就到了凉水井。

再大的太阳，凉水井也是荫翳蔽日。

十余米高处的那个洞口，像没有牙齿的嘴。

但桂平昌知道它的牙齿藏在里面。

那牙齿不咬别人，只咬他。

他要去堵住那张嘴。

好在铲掉的马儿芯草都没断根，只是散开了，屈辱地窝在沟道的石缝间。它们长在那里，不知道有多少年，老去化尘土，春来发新枝，并没有招惹谁。桂平昌叹息一声，将它们捧起，比捧金珠宝贝还小心。

他把草先放在洞口，再攀爬上去，分成六窝，种在原来的位置。

然后，他下到歇凉石，仔细观望。

基本看不出那里有个洞子了。

但他还不放心,又从旁边的青冈林里,挖了一窝铺天盖地的牛马藤,种在洞子左侧,将藤蔓理开,顺到右侧,缠在马尾松上。

如此,彻底看不出来了。

做完这些,他才像完成了一件惊天动地的大事,将那丛麦冬挖掉。

十二

陈国秀回到家时,天已黑透。

桂平昌在灯下宰猪草。

在地里的时候,陈国秀还担心,怕桂平昌生病了,如果她回来看到桂平昌还躺在床上,再累再饿,她也不会生气,结果他在宰猪草。她正要发作,见八仙桌底下,倒了一堆麦冬,花篮里还装了半篓子,证明他并没把一个下午睡过去,他又找钱去了。当陈国秀揭开饭罐,见饭一点没动,就不仅没有气,还心头一软,觉得自己下午真不该骂他。骂他别的可以,骂他躲懒,就是胡骂了。他特别能吃苦。千河口能吃苦的人多,但像桂平昌那样的不多。陈国秀很后悔。

这才是真实的陈国秀。她本是脾气温和深有主见的人,平时不多言多语,但一出口就是道理,当姑娘时就这样,连长辈也要听她。十六岁那年,她跟爷爷争一件事,爷爷年轻时当过教员,还跟过船帮，跑过重庆，是当地最见多识广的人物，却也说不过她，只好笑眯眯地摇着头，教训她：

"理是直的，路是弯的，道理总是离日子远。"

她不服。咋会远呢？日子是水，道理是水里的珍珠，道理被水养着，又比水值价。

然而，出嫁过后，当她接触了真正的日子，真正的生活，才知道珍珠不长在水里，是长在泥里。要说，婆家虽然穷点儿，却算是好婆家。婆妈跟儿媳千年不解的结，在她这里并不存在；起初有一点，为某件小事，婆妈会责骂她，可她不像别的媳妇，把婆妈的责骂当成委屈、记在心里，她不这样，真是她的错，勿需婆妈把话说完，她立即就认，不是她的错，或者婆妈指责的事本身就算不上错，她会耐心地等婆妈发泄够了，再轻言细语地解释。她的恳切和不紧不慢的语调，特别是她的那一套道理，婆妈再刁，听了也难反驳。何况婆妈不刁。

谁知好婆家傍着个恶邻居。

她的道理在苟军面前，啥都不是。

苟军只信霸道，谁霸道谁就有理。

这时候，陈国秀仿佛才知道自己是一个女人，要靠了男人才能伸枝展叶。然而，她的男人桂平昌，天下太平时，死要面子：端着碗去院坝里吃饭，总是把肉食或油重的菜蔬亮在明处；去街上吃个馒头，却不说馒头，非要说成面馅包子；摔个跤，生个病，本是平常不过的事，他也生怕别人知道了丢脸。可要是有一点风吹草动，金子做的面子他也舍得扔。那面子撑不起他的体面，只不过是在脸皮上打稿子，字字写着他的软弱。软成这样，别说当婆娘的，连他母亲都冒火。但母亲到底是母亲，母亲担心儿媳嫌弃儿子，就用这样的话劝慰儿媳：

"他软，不是他没胆子，是他心善。人都是心善才软。马善被人骑，人善被人欺，这是老辈人传下来的话，可是骑马的人，欺人的人，不一定活得更长。就像牙齿咬舌头，牙齿掉光了，舌头还活着。"

对此，陈国秀听一半，留一半，不想多说什么。

有些话她一辈子藏在心里，不说。

如果只是被咬的命，活那么长有意思吗？

一点意思也没有。

公公婆婆大概也觉得没意思，很快就死了。

他们在世的时候，苟军再横，有两把老骨头挡在前面，还相对好些，待两个老人走了，苟军一来势，桂平昌立即噤声，像雁嘴被箭穿着，鱼鳃被钩搭着。苟军骑在他头上屙屎屙尿，他也能忍。只有一次没能忍住，可那情形，比忍还难堪，难堪得陈国秀都不愿去想……

那些温和的、饱含水汁的道理，在陈国秀那里干涸了，只留下嶙峋的河床。

她变了。

是怎么变的，她说不清。能说清楚的变，是有准备的变，而她没准备变,也没想过要变。直到变过后,她才知道自己变了,也才私底下明白,她喜欢以前的自己,不喜欢现在的自己,可是她没有办法。她回不去了。没有谁是真正完整的,人的一生,就是缝缝补补的一生。苟军离开的十多年里,她已经缝好了数不清的裂口和破洞,但再怎么缝,也缝不成以前的自己了。

十三

看到宰着猪草也跟她一样饿着肚子的丈夫,就算她有了后悔,动了怜惜,说出的话依旧是怒气冲冲的。她说:

"你是瘟猪啊?你饿了不晓得先往嘴巴里头捅几口啊?"

桂平昌说:

"我不饿。"

他的声音像从地窖子里发出来的。

那件"大事"只在表面上完成了。就像取土填一个大坑,却又造出另一个大坑,这另一个大坑带着新鲜的伤痕,触目惊心。

猪草已宰完,桂平昌用筅筅往大锅里撮。睡觉之前,得把猪食煮好,免得第二天早上再煮,耽搁了田地里的活路。农人把早上的那趟活看得很重,往往脸也来不及洗,就背上花篮,花篮沿口上别着镰刀,再把锄头扛上肩,从院坝的上方或下方,走向田地。去一阵回来,花篮里却可能啥也没装,肩上的锄头也可能根本就没放下来过，只是从长满茼蒿和猪鼻孔的田埂上，从黄荆条、八角花织成的塄坎边，走那么几趟，看看庄稼，让鞋子上沾满泥，让露水打湿半条裤子，就回来了。仿佛他们打早出门，并不是真正有活路要干，而是因为在家里过了一夜，要迫不及待地出去和田土建立联系。

这很像某种仪式，古老，醇厚，入心，所以才重要，才不愿花去早上最初的时间，窝在家里做吃的——不管是为人，还是为猪。打早在家生火的，不是老人就是孩子。像桂平昌家，老人不在人世，孩子不在身边，想做吃的，就得从田地回来过后。可是人等得及，猪等不及，猪的全部职责就是好好吃，吃了长肉，对猪来说，挨饿就是失职。哪怕是被动的失职，同样是失职。因此稍有饿意，它们就咕咕叫，算是有礼有节地发出警示；真饿了，那还了得！呼天抢地乱嚷不说，还以头撞圈，撞得山响，撞得十里八村都听见，让十里八村都知道你家不会养猪。

晚上把猪食煮好，去田地转一圈回来，就能马上舀给它们吃了。

这是热天，若是冬天的话，再忙，猪食也是早上煮，这样可以保证猪们一天中至少能吃上一顿热食。当然主要是因为冬天不忙，下田下地去，也没多少庄稼可看，出去走上一程，望望满山雪野，见池塘和水田都结了冰，旱地被霜打得铁一般黑，也铁一般硬，就哈着腾腾热气带着个红鼻子回来了。

桂平昌收拾猪草的时候，陈国秀风风火火热好了饭菜。她把饭菜添上桌,还为桂平昌把每顿必喝的酒倒好,桂平昌却像傻了似的,愣在一旁,不往饭桌上坐。

陈国秀说:

"挖了那些麦冬,功劳硬是大得很,未必要我给你喂?"

桂平昌听了,才反应过来。他变得那样迟钝,连他自己也感到惊讶。他的脑子里装着两个世界,一冷一热,一阴一阳。这是两个完全不同的世界。待他坐下,端上碗,低头吃了小半碗饭,却连一箸菜也没夹,一口酒也没喝。陈国秀把筷子戳在齿间,盯住他。当桂平昌又往嘴里刨饭时,她一巴掌拍在他的额头上。

她是在摸他是不是发烧了。

鬓角有汗,额头却是冰凉的。

陈国秀放了碗,沉默了不下半分钟,才问:

"贞强又来电话啦?"

贞强是他们的大儿子。小儿子叫贞学。贞学刚满十八,但已经跟着哥哥在外面打工三年了,出门的时候,怕厂子或工地不收,还办了个假身份证。现在兄弟俩在深圳,但不在同一家公司。前些日,贞强来电话,说弟弟被抓了,弟弟所在的公司,天天召集老年人开会,推销保健品,普普通通的砂糖和淀粉,加了染料,再冠以特效、祖传、秘制、宫廷、神丹之类的前缀,就能由几块卖到几百块,甚至上千块。之所以专挑老年人下手,按公司老板的说法,是因为他们"钱最多,最得闲,最怕死,头脑最不好用"。有天正开会,并在会场上逗老人开心,让他们踩气球玩儿,先踩破的前五名,各奖一瓶橄榄油,老人们正卖力跺脚,掌声笑声加油声正灌满一屋,突然涌进来一队警察,把公司员工全部逮进了派出所。

这件事让桂平昌又羞又怕,连续两天没闭过眼睛。

若干年前,要是谁家有人被公安抓了,出门眼睛都不敢抬,遭狗咬都没脸拿棍棒打。近些年倒不那样。普光镇上游的乌龙镇,有两个村都在外面行骗,其中不下十人从云南跑到了缅甸,跑过去还是行骗,抓了、判了,放出来照样行骗。也是在乌龙镇,一个名叫梨树村的地方,前年遭了雪灾,县领导去看望,问某个中年男人家里被子够不够,那男人骄傲地回答:领导放心,我家里猪盖的都是蚕丝被。领导很高兴,问他发家致富的门路,他又是一脸骄傲:我女儿在外面当猫猫,我儿子在外面掏包包。当猫猫就是做小姐,掏包包就是做小偷。

不仅是乌龙镇,也不仅是梨树村。那样的人,普光镇有,老君山有,千河口也有。西边院子的李奎,在苏州盗电缆,被判了整整十年。儿子被判了刑,李成却照样能吃能喝,照样尖着鼻子到处嗅。他特别爱打探小道消息,探到了,就像是他天大的喜事,到处传扬,神神秘秘又眉飞色舞。

桂平昌不管别人怎样想,他想的是:宁愿去踏阎王老子的门,也不能去踏牢房那道门。每次接儿女的电话,他都要重三遍四地交代这句话。这并不是说牢房比阴间更可怕,而是说那太丢脸了。他从来不管你是为什么被关进了牢房,他相信牢房永远是为坏人准备的,只要关进去,就是坏人,就丢脸。

好在第四天,贞强又打来电话说,弟弟放了,只有老板和会计还关在看守所,公司其余人员都放了。弟弟现在跟他在一起。桂平昌不信,要听贞学说话。贞学开腔就哭。桂平昌好一番心痛,接着又是好一番教诲。

在这件事情上,陈国秀的看法和桂平昌是一致的,但贞学被抓过后,她知道丈夫胆小,就做出天垮不下来的样子,即使垮下来也有她顶着的样子,其实晓夜揪心。贞学从派出所出来后,她本是叫他回家的,但贞学不愿回家,说在哥哥那里住些天,再去找事做。就在那第二天,陈国秀听吴兴贵的老婆陶玉说,她内侄女又被派出所逮进去了。陶玉的内侄女在浙江做服装生意,倒卖假品牌,被派出所抓走,很快就放了。分明放了,怎么又逮进去?

陶玉以很内行的口气说,放她是因为证据不足,证据足了,又可以抓她。或许是陶玉跟娘家亲人没什么感情,或许是她对在派出所进进出出本身就无所谓,说得轻轻松松。可在陈国秀听来,却像一声炸雷。

她一直不敢把这事告诉丈夫,今天见丈夫魂不守舍,首先就想到,贞学肯定跟陶玉的内侄女一样,又被逮进去了。她躲不开,不得已才那么问了一句。

经陈国秀这一问,桂平昌才恍惚记起,他下午出门,忘了带手机。

他起身去把手机拿过来，查看未接电话。

没有未接电话。

陈国秀舒了一口气，转过来却又对丈夫的迷糊非常恼火，大声斥责：

"吃饭就该有个吃饭的样子，喝酒就该有个喝酒的样子，你看看你，十魂去了九魂，未必撞到鬼了？"

这最后一句，在桂平昌心里卷起风暴，他坐立不稳，东倒西歪。

陈国秀连忙去扶他。

十四

桂平昌真的病了。

他躺在床上,躺了三天。可三天过去,依然不见好,一天中的大多数时候,依然躺着。他不发烧,不拉肚子,也没听他说哪里痛哪里痒,病是怎么得来的?陈国秀想不出来,只能猜,觉得他多半是中了暑。她在他脖子上揪,左边揪了揪右边,皮子揪破,也不见黑。真的伤风感冒或者发痧,一揪就黑,一黑就好,这办法在老君山流行千年,从未失手。

可是桂平昌不黑。

陈国秀想找医生,但村里已经没有医生了。以前有两个赤脚医生,先是鲁凯,行医多年,活人无数,可到了某一天,突然告知要通过考试才能拿到行医证,鲁凯去县城参考,却没能考过,也就不能行医。一气之下,鲁凯住到镇上去了。住到镇上不满三个月,他就在滨河路开了家诊所,叫"福康诊所"。一个乡村医生行医证也没能拿到的人,大明其白把诊所开到镇上去,还开在人来人往的滨河路,反倒没见谁去过问他。鲁凯之后是许宝才。许宝才的医术比鲁凯差蛮天远,可能是因为他比鲁凯更会答题,也可能是因为他二舅在县药监局当局长,总之顺利地领到证书,在千河口把鲁凯挤开了。但他并没把药箱拎多久,就扔掉这个既辛苦又担风险的职业,举家去了沿海。

找不到医生,陈国秀还是只能用土方。

揪不行,就去摘些蛾叶草来,熬了让桂平昌喝。那东西本是给猪治病的,治人照样有效。在乡里,有了人,有了牲畜,才成一个家,因此人和牲畜都是家里的成员,许多时候生着共同的病,用着共同的药,也能见出共同的效果。

可这回用在桂平昌身上,却不见一点起色。

陈国秀并不着急,人活几十年,别的或许一无所有,三灾六病总是不缺的,见得多了,也就不会大惊小怪。几天来,陈国秀丢下农活,腾出大片时间服侍丈夫,把生蛋很勤的一只母鸡,也狠心宰掉,剖开之后,往肚腹里灌上黄芪、大枣、黑豆、花生,特别不能少的是魔芋,灌上这些,再用魔芋叶包起来,蒸熟了让丈夫吃,据说这是一味好药,既能大补,也能治疑难杂症。

然而,这些努力全是白搭。

到第七天,桂平昌的病情明显加重。

他开始翻白眼,说胡话。说什么完全听不清,像在跟人争吵,没吵两句,就求饶,不仅表情和语调像求饶,还嗖的一声坐起来,两腿一曲,跪在床上磕头。

陈国秀几耳光扇去。

她认定丈夫真是撞了鬼,那耳光不是打丈夫,是打鬼,边打边骂,说我家男人,一辈子就是个遭人欺负的货,没有害人的胆,更没有害人的心,你赖巴着他做啥子?就说你是个冤死鬼,也冤有头,债有主,不该找不到冤头债主,就往我男人身上赖!想必你也是个山里人,山里人有山里人的规矩,你咋就把祖宗八代的规矩坏了,跟那些城里人学?

后面一句是陈国秀的即兴发挥。

前些天二女秋华来电话,说他们厂里有个小伙子,去马路上扶一个自己摔倒的人,那人一把将小伙子揪住,咬定是他撞的。这样的事,早先在县城也发生过,那些赶县城的人回来,咋咋呼呼传扬了很久,清溪河两岸的村民,都很担忧,怕这风俗——他们把每一种陌生现象,都当成远方的风俗——某一天下放到镇里,他们就连场也怕赶了。村民赶场,总是长挑短担,大包小包,难保不把人撞一下。何况还有故意让你撞的。故意让你撞的人慢慢倒地,去医院检查,却有了骨折。那是老伤。用老伤骗你的新钱。据东边院子符志刚回来讲,某些家伙怕老伤不顶用,还事先请人用铁棒将自己骨头打断,再用断骨头去骗钱;那执棒的,叫"做伤师傅"。没过多久,就听李成说,河下游清坪镇有个姓鲜的,先在广东打零工,后来加入某团伙,就在那团伙里做"做伤师傅"。

那风俗并非只是来自远方,也来自近处。它是城里的,也是乡下的。乡村消失,不只是乡下少了许多活着的村庄。因为钱,或许还因为别的,人心坏了。人坏了,鬼也坏了。陈国秀觉得,鬼是死了的人,是人变的,鬼坏是因为人坏,如果下死手打鬼,鬼也冤屈。于是她没下死手,几耳光扇过便歇了。

好在作用明显,桂平昌安静下来。

可没安静五分钟,他又翻白眼,又说胡话,又磕头求饶。

这么闹腾了半顿饭工夫,他才往床上一倒,睡了过去。

要在以前,就该请端公,请巫婆,可而今,端公在这一带已经绝迹,老端公死了,年轻一辈,包括老端公的儿孙,都不愿意去学那门前景黯淡的手艺,因此衣钵不传;巫婆倒是有一个,是从千河口嫁出去的,小名燕儿,家住清坪镇光荣村,离"做伤师傅"鲜某不远。但巫婆不能驱鬼,只能辨鬼。

能辨出来也好哇,至少可以帮助对症下药。

陈国秀正这么想,吴兴贵两口子看桂平昌来了。在阴暗的床头站了片刻,陈国秀把他们引进伙房,然后对吴兴贵说:

"兴贵你帮我照看半天,我去一趟清坪镇。"

陶玉一听,就知道她要去请燕儿。燕儿的电话是能问到的,但请端公和巫婆,不能打电话,也不能带信,必须亲自上门。陶玉连说要不得。吴兴贵帮忙照看当然没问题,但是请巫婆,先得信,不信,不仅辨不出鬼,治不了病,还会添病加灾,而世世代代,巫婆的信众既不在她婆家,也不在她娘家,巫婆都是远离熟人，四方游走，所以叫游巫。像在千河口，谁会信燕儿？陶玉来了半年，燕儿才生，有回陶玉抱她，屁股底下没垫布片儿，一泡屎拉了陶玉满怀。

这样一个燕儿，打死也不信她身上有神灵鬼道。

其实陈国秀也不信，她是觉得桂平昌的病生得怪，才准备勉强信一回。听陶玉这一说，她犹豫了。吴兴贵见她犹豫，才慢条斯理地开口：

"国秀你要是嫌钱花不完，拿给我帮你花。你莫把钱往粪坑里扔。"

吴兴贵最不信那些，他唱的骚歌里面，有一首就是调侃端公跟巫婆的。

他建议桂平昌还是去医院靠谱。

话是这么说，可医院怎么去？

看桂平昌那样子，根本走不去，即使能走，也不敢让他上路。他在路上发了疯咋办？千河口山高路陡，别说发疯，稍不留心踩虚了脚，妈都叫不出一声。只能背，或者抬。许多年来，千河口有了病人入院，都是背或抬上街（山里人经熬，非得入院的话，一定是不能自己走了）。桂平昌好歹也有百多斤重，要在平地上，陈国秀都能背去，但走山路不敢，尤其是下山不敢。前些年，村里人背肥猪去镇上，每年都有摔崖的，好在没摔死过人，可猪都摔死了，卖猪时节往往砍了柴山，山壁光趟，恶札札的，一掼到底，猪从池塘底下的楼口门，顿也不打，滚到山脚，摔得肚子破裂，肠肝肚肺都不见了踪影。主人家找到死猪，大哭一场，哭它的肠肝肚肺，也哭它洒空了的血。

猪在背上只会乱拱，不会发疯。

背桂平昌，比背猪更危险。

用滑竿抬相对稳当些，可以把他的手脚捆住。但在这村里，已找不出能抬滑竿的男人了，桂平昌五十九岁，已是第二年轻的，最年轻的是杨浪，可杨浪也上了五十，或者快上五十，他像鬼一样活着，谁知道他的年龄呢？就算他只有二十几、三十几，也没人敢叫他去抬滑竿。懒得从不给庄稼上肥，几十年粪都不挑一担的人，肩上搭只手也打晃。杨浪和桂平昌之外，都是六十几、七十几、八十几，这些人中，除李成身体硬朗，另外就是吴兴贵还能歌进歌出，其余几个，每天的主要任务，就是喘气和咳痰。就说吴兴贵，两条腿也枯成了两根干柴棒，根本搭不上力。让他们去抬桂平昌，还不如直接把桂平昌丢下山简便。

叫儿子回来么？陈国秀几次拿起手机，又放下了。路程那么远，去来一趟，既花钱，又耗工。连爸爸得病，她也没告诉儿女。

左思右想，她还是把桂平昌托付给吴兴贵，自己出门去了。

但没去清坪镇，而是去了普光镇。

十五

　　这是个冷场天。陈国秀从没在冷场天上过街，因此在她眼里，街道荒凉得很。幸好没听儿子的，到街上来住。她不像桂平昌那样丢不下土地、庄稼和老屋，但那些东西毕竟陪了她大半辈子，确实不能说舍就舍。曾经，她见住到街上的妇人脸变白了，人变洋气了，分明比她年长，却变得比她年轻了，也为之心动，之所以没跟她们学，还是因为丢不下，否则桂平昌不来，她自己也来了。好些村子的人家都如此，男的来了，女的不来，或者女的来了，男的不来，相守几十年的夫妻，就这样分开了过。自从兴起打工潮，几乎就没有一个农村家庭是完整的，换一种说法是，几乎每一个农村家庭都是破碎的。

　　街道的荒凉，让陈国秀的心也跟着荒凉和灰暗起来。

　　她很少这样过，即使苟军在的时候也没有。

　　——事实上，当她确信儿女都在外面好好的，桂平昌的病又来得不明不白,她就想到了苟军。活路忙,没细想,今天有空,她可以翻来覆去想一想了。

她相信,在桂平昌身上作祟的,就是苟军。这么说来,苟军是死了吗?死在那个名叫塞拉利昂的地方了吗?可他死千回万回,也没理由来纠缠桂平昌。看来,他去到那个地方,跟那个地方的人打交道,并没占到什么便宜。他的霸道和威风,只能耍给柔弱的孙月芹,耍给住了几辈人的老邻居。他就这个德性,也就这点儿本事!可你桂平昌呢,苟军做人时你怕他,做了鬼还怕?人怕鬼,是因为那鬼在做人的时候,你亏欠过他,而你桂平昌亏欠的,只有自家婆娘!

陈国秀的脑子里,飞快地跑过这些念头。

脑子快,脚下也快。走过邮局,走过普光宾馆,从宾馆与一家五金店之间的土路下去,上了滨河路,右拐五十米,到了"福康诊所"。

她是找鲁凯来了。

福康诊所挤满了人。

来镇上开诊所没多长时间,鲁凯就忙不过来。除了不截肢开颅,他像啥病都能治,而且好得特别快。其实是他敢用猛药,还喜欢开些稀奇古怪却很见效用的药方。比如中街有户人家,老老少少都爱患感冒,家里填塞着咳嗽、哮喘和擤鼻涕的声音,去卫生院拿了大堆药,根本不管事。后来找到福康诊所,鲁凯听完病情,又知道了他们半年前才从乡下住到镇上,说:

"晓得毛病出在哪里吗？"

病人答不出。

病人怎么能答得出来呢？

鲁凯把桌子一敲：

"你们现在不用夜壶了！在乡下用夜壶，晚上想小便，被子一撩，夜壶提起来就开干，到了镇上，住了好房子，数九寒天也往厕所跑，就容易贪凉了。城镇患感冒的比乡下多，道理就在这儿。当然，刚住到城镇的乡下人，患感冒的又比城镇的老居民多，因为还没习惯不用夜壶。"

接着为他们开了药方：继续用夜壶。

此外没开一粒药，但那家人再没来过，不知是不是听从了鲁凯的建议，一家人都通泰了？

陈国秀进来时，是午后两点钟左右，鲁凯坐在桌前，面前摆着一碗饭，跟在老家时一样，菜舀在饭碗里，问病把脉的同时，偶尔舀一勺喂进嘴里。陈国秀饿了，见他吃得这样不经心，无端地感到心痛。她站在角落里，不敢因为是熟人就上前掐列。鲁凯对千河口人有怨气。几十年来，他救死扶伤，可听说他被许宝才取代了，就纷纷跳出来编派他：青霉素是二十年前的，把小病说成大病，敲竹杠能一棒子把人敲死……他们去找许宝才，结果连续两起，许宝才把小病医成了大病，卫生院都治不了，要往县医院送。正因此，许宝才才丢下药箱，出门打工。自从来到镇上，鲁凯对老家人就不怎么待见了。他的看法是：人在世上走，离不

彭作楨 輯

古今同姓名大辭典

几十年的光阴，积聚成光，有了这种光，

不需要天光，也不需要灯光，就能让他看见。

他爱这片让他把光阴积聚成光的土地！

开熟人，但千万别去招惹那些有八辈子瓜葛的老熟人，老熟人不帮你，只伤你。

这看法他是明确说出来的。

以前，陈国秀觉得鲁凯那些话未免绝情，可是今天，当她一路上念着苟军的恶，才发现鲁凯是对的。再想想那些搬到镇上的村民，刚搬来时，看到赶场的乡亲，还热情地拉进家去喝口水，说些话，甚至招待一顿饭，在镇上住了一阵再看到乡亲，多数时候只点个头就过去了。就是一起住到镇上来的，相互之间也淡了，镇上的楼房，将他们隔开了，他们不会去同一口水井里挑水，不会去同一个池塘里洗衣，不会在同一根田埂上相遇，加上离开土地过后，各想各的事，各发各的懒，面对春雨冬雪，没有共同的喜，遭遇洪涝干旱，也没有共同的忧。

本来，陈国秀今天来，是想请鲁凯辛苦一趟，上山去为桂平昌看看。她留有鲁凯的电话，不打电话亲自跑来，就是希望像请端公和巫婆那样，表明她的诚心。

现在她打消了那念头。

她觉得，自己这趟跑得真不值得。

十六

也不是，鲁凯毕竟给了她药方。照样是古怪的药方。他叫陈国秀回家去，让桂平昌连续睡上十个钟头，病自然就好了。陈国秀说：

"他每回最多睡一个钟头就醒，咋能让他睡那么久？喂安眠药？"

鲁凯比桂平昌小几岁，把陈国秀叫陈嫂，他一本正经地对陈嫂说：

"喂安眠药算啥方子？许宝才开得出那种方子，我开不出来。——你陪他睡，脱光，你的奶顶住他的心窝子！"

这分明就是玩笑。屋子里个个开心，有个害灰指甲的家伙，笑得整张脸上只剩一张嘴。鲁凯当赤脚医生时，是喜欢跟平辈妇人开玩笑的，到街上后就不这样了，今天大概是他的心情特别好。偏偏陈国秀的心情不好。陈国秀说：

"砍脑壳的,你是医生,咋兴乱嚼!你好歹给他弄点药。"

鲁凯用一支挖耳勺似的银匙,从一个瓶儿里勾出三粒黄药,小如人丹,用纸包了,递给陈国秀,说:

"一天一粒,如果吃一粒就好了,就不要再吃了。"

陈国秀出来,天色已经不早,她连点心也没吃,连儿女的房子也没去看,就一路紧赶慢赶地回村。

还在楼口门,就听见吴兴贵唱歌:

高高山上一棵桃(啰喂),
青枝绿叶长得好(得嘛)。
有朝一日桃熟了(幺幺),
抱住桃树摇几摇(哟哟)。

从楼口门顶端的石盆向右,是相对平整的田埂,站在田埂上就能看到吴兴贵了。原来他正到池塘里挑腌臜水。这水挑回去,是煮猪食用的,千河口人把煮猪食用的水,叫腌臜水,即便那水是从井里挑来,也这么叫。晚霞垂天,霞光把吴兴贵和他身前身后的水桶,还有池塘边一排李子树和树下的蜀葵花,照得金灿灿的,像他们是从天上下来的。这景象让陈国秀感动。她也说不出为什么感动,就是双眼发潮。吴兴贵的快乐,也让她心生嫉妒。除了睡觉,吴兴贵总是唱个不停,饭包在嘴里,也要哼哼几声。这跟早年的江杏芬一个样,江杏芬住在西边院子,可惜年纪轻轻就病死了。江杏芬会唱"颠倒歌",吴兴贵会唱骚歌。其实吴兴贵不光会唱骚歌,他会唱很多歌,只是人们记住的都是他的骚歌,并用记住的那些歌,去骂吴兴贵不正经。

吴兴贵快乐,可再怎么说,也没必要嫉妒他。

这与正经不正经没关系。四十岁前,吴兴贵都没老婆,在山里,这可说是铁定的光棍。那时候,千河口有三个光棍,杨浪、九弟、贵生,九弟和贵生在农事上都很勤劳,杨浪则相反。对别的一切,包括对女人和钱财,杨浪根本没什么兴趣。杨峰是他一母所生的哥哥,哥哥在外面发了大财,后来还在省城当了个什么委员,他全不在意。他只对声音着迷。很小的时候,他听声音的本领就超凡出众,炊烟升起,山野花开,都能进入他的耳朵。他格外珍惜自己的这种本领,几十年来,每天比村里的狗都起得早,黎明前夕便潜入山林,悉心搜集风雨雷电鸟兽虫鱼发出的各种声音,然后惟妙惟肖地模仿那些声音,按千河口人的说法,是"学"那些声音。

吴兴贵从不跟那三人打堆。不跟杨浪打堆是自然的,有几个人愿意跟杨浪打堆呢?他在声音上的本事算不算本事?大概也算,可究竟太无聊啦。但吴兴贵也不跟九弟和贵生打堆,像是怕沾染了光棍的晦气,像他自己不是光棍的样子。但在村里人看来,他就是铁定的第四条光棍。吴兴贵被那眼光逼得搁不住脸,过了四十岁生日,就沿河做工去了。他会泥瓦工。

大半年后,他回来了。

去的时候是一个人，回来的时候是两个人。

那大半年他具体去了哪里，无人知晓，问他，他只说在普光镇上游。清溪河有三百公里水路，普光镇上游的两百多公里，沿岸平坝少，崇山多，且比老君山更深阔，随便在哪里落下一户人家，就能藏过几朝几代，那户人家不知道皇帝，皇帝也不知道他们。吴兴贵正是在皇帝也不知道的地方，拐走了陶玉。

陶玉那时候二十六岁，据她自己说，她从没嫁过人。这实在不能让人信。在乡下人眼里，二十六岁还不嫁的女人，跟四十岁还不娶的男人一样，都怪怪的。女人比男人更怪。男人是因为娶不到老婆，女人是因为什么？

常言说皇帝的女儿不愁嫁，其实农家的女儿也不愁嫁，特别是清溪河流域，男人比女人多。这仿佛是老天爷的安排，老天爷知道，生活在这地界，要担负劳苦，他老人家舍不得让女儿身担负劳苦。同时也是人的安排。很长的时日里，有些人家生了女孩，怕交超生款，孩子还没来得及哭一声，就被利索地处理了；她没来得及哭，更没来得及睁了眼看，就回到永恒的寂静和黑暗里，把寂静和黑暗，当成母亲的乳汁和怀抱。只把男孩留下来，既为宗族接香火，也为家庭添劳力。如此，男女比例越发失调。只要是个女的，长大了都能嫁，陶玉不聋不哑，不跛不瞎，凭什么到了二十六岁还不嫁？

知道别人不信，因此不久以后，陶玉便又自己改口，说嫁过，但男人有病，她春天嫁过去，春天没过完，男人就死了。又过些日子——大概是三两年过后,隐隐约约听到传言,说陶玉的男人既没病,更没死,陶玉跟吴兴贵是私奔。还说,陶玉在那边生下一个娃后,做了绝育手术,因而跟了吴兴贵,再没法生。

这话听上去合情合理。陶玉确实没给吴兴贵生一男半女。

尽管吴兴贵没后人,陈国秀依然嫉妒他。

嫉妒他,是因为嫉妒陶玉。

十七

那个小蛮腰女人,刚来千河口时,全村人都去看稀奇。那些年,特别是那之前的若干年,大巴山区的女人被夫家虐待,或嫌婆家太穷,实在养不活自己,便跑出去躲痛、躲命,被某个男人收留,跟那男人过一段日子。这类事并不鲜见,村里来个女人,本没什么稀奇可看,而陶玉却有些特殊,她不是自己跑来的,是男人拐来的。好多人都想看看能被男人拐走的女人长成什么样子。结果还是个女人样子,无非是比一般女人生得漂亮,小脸小嘴,眉毛弯弯,额头上亮晶晶的。只是眼睛稍显怪异,有事无事朝一边斜,像有大风在吹。

别的女人跑了,最多三二十天,夫家就能问山问水地问出一条路,问不出路也能嗅着气味,准确地找到她的藏身地,骂骂咧咧地将她带走,而陶玉的男人竟然由着她。几年以后,大概就是传言陶玉跟吴兴贵是私奔的那段时间,有人私底下讲,千河口来过一个陌生男人,那男人头大,眼小,神情忧郁,明显不是游走的神汉,很可能就是陶玉的丈夫。但事实证明那只是谣传,村子里无任何动静,陶玉还是跟着吴兴贵过,春去冬来,至今已历二十四载。

这二十四年里,陶玉从没走出过老君山,甚至都记不住她是否走出过千河口。再下细想,她似乎连凉水井那边也没去过。要是遇到别人,不闷死,也早闷出病来,但陶玉鲜鲜活活的。她好像要不了多大的地方,她好像觉得,老君山太大,千河口太大,老二房太大,有吴兴贵那个小小的窝,就足够了。

吴兴贵值得她这样托付。

她不能生娃,吴兴贵从没怨过,还唱歌给她听。有不少歌都是吴兴贵自己编来,专门唱给她听的。她也爱听。有时候,深更半夜还听见吴兴贵给她唱歌,歌声一停,又听见两口子嘻哈打笑,笑得脆响。

这不重要,重要的是吴兴贵敢护她。

那一年的那一天,也就是1999年的最后一天,上午,老二房的炊烟刚淡下去,突然听到一声暴喝:

"吴兴贵,你狗日的出来!"

是苟军闯到了吴兴贵的家门口。

吴兴贵当时养着几只羊,他的羊吃了苟军一窝白菜,苟军上门兴师问罪。他捋着袖子,意思是要打人。陶玉先出来,说我们……话不成句,拳头已到。陶玉头一偏,没打着,但失去重心，人倒在了门槛底下。吴兴贵家的门槛，跟所有老式门槛一样，高过两尺，据说这样能防鬼进屋。苟军没进屋，他站在门槛外面，弯腰去抓门槛下的陶玉，想抓起来再朝脸上打。这样的打法，陈国秀再熟悉不过了，那拳头跟脸一碰，五官就忙着换位。可是那天，他的爪子还没挨近陶玉，伙房里便卷出一股风：一股白风，白得晃眼。

那是吴兴贵手里的砍刀。

砍刀"欻"的一声，咬在门槛上，把门槛咬脱一大块。它本是朝苟军臂膀上咬的，苟军眼快，往后一挫，避开了。吴兴贵说：

"你敢碰她一下，老子就送你上西天，——不过就杀个把人么！"

苟军脸都吓紫了，屁没放一个，就蔫嗦嗦地退出阶沿，走半个院坝，回了自己的家。

这情景陈国秀是从头至尾看见的。

吴兴贵身体单弱，腰杆比城里女人的还细，屁股小得像两瓣橘柑，跟略显丰肥的陶玉比起来，陶玉更像男人，他更像女人，可是他以女人似的身板，保护着自己的女人。

从那以后，苟军再也不敢跟吴兴贵斗狠，见到陶玉，还主动打招呼。

就凭这一点，陈国秀嫉妒陶玉。

当然她从不会表露，也不愿表露。

仔细思量,陶玉实在也不值得嫉妒。

作为女人家,能被男人拐走,不就是荡妇么,荡妇不就是淫妇么。在陈国秀的道理里边,淫是万恶之首。淫欲唤醒占有欲,是要招来血光之灾的。陈国秀不想咒她,也咒不了她,因为这么多年过去,她并没招来血光之灾,她跟吴兴贵过得有盐有味。但是,作为女人家,抛弃丈夫就不说了,竟也能抛弃孩子(如果那些传言不虚,陶玉当真生过娃),一辈子也不跟孩子见面,陈国秀理解不了这该是怎样的一副心肠。而且还能长时间地抛弃娘家。直到大前年秋天,吴兴贵的表弟才以做工的名义,帮忙去她娘家那方打探消息,从此也才联系上,但爹妈都谢世了,那边的兄弟姐妹,没来看过她,她也没有回去过,彼此只是偶尔通个电话。或许是大家都老了的缘故,最近一年,电话打得勤常些了。

但丢掉的感情,永远也别想再捡起来了。

陈国秀承认,许多时候,自己其实看不起陶玉。

可让她奇怪的是,越看不起,越是嫉妒。

特别是听到吴兴贵专门唱给陶玉的歌,像刚才唱的《高高山上一棵桃》,还有那首《约妹约到芦苇林》——村里人猜想,吴兴贵就是在那个他们不知道的远方,把陶玉约到某片芦苇林里,成就了好事,然后才私奔的——每当听到那样的歌,陈国秀就觉得空。空得"噌"的一声,像一只鸟从电线上起飞,飞入虚空,消逝不见,一片白茫茫。吴兴贵唱歌的时候,陶玉一定在后山的某处,静静地听着,吴兴贵的歌声哪怕天下人都听见,陶玉也知道是唱给她一个人的，她边听，边时不时捋一捋头发，打着抿笑。这是她最爱做的动作。陶玉还知道，像她陈国秀这种有儿有女有亲有戚的日子，天下人都在过，而她陶玉过的是另一种日子，她把这另一种日子过得昂首挺胸，任你不舒服，任你看不起，更让你嫉妒……

乱纷纷的思绪当中，陈国秀走过阴晦的田埂。

十八

直到走进塘埂上的霞光里，吴兴贵才看见她。

"国秀，"吴兴贵急忙收了歌声，很不好意思地说，"平昌睡了，我才来挑水的。"

或许是歌声收得太急，还留有尾音，说出的话也像唱歌。

"未必哪个不准你挑水？"陈国秀说。

她也把心思收得太急，话里带着懊恼和怨怒。

但她马上意识到了，想到自己应该感谢人家的，便放平了语气问："他睡多久了？今天咋样？"

"没怎么发病……好好的。"吴兴贵说，"中午陶玉弄了酒肉，端到你们家吃，我兄弟俩喝了足有半斤，他还吃了两大碗洋芋饭。他刚睡着，我就挑水来了。"

陈国秀放了心。

其实她是心累，不想知道得更多。

但要说放心，似乎本来就该放心。桂平昌到底也说不上什么病，从鲁凯开的玩笑，还有他同样是开玩笑一样给的三粒药丸，都印证了桂平昌的病不是病。

可这种想法，陈国秀刚踏上院子就被摧毁了。

大门关着，但没上锁，年月久了，门板发翘，桂平昌的喊叫声从门缝里进出，震得门鼻儿晃来荡去。除了喊叫，还有器物的锐响。陈国秀慌忙跑过去，将门推开，见桂平昌站在八仙桌旁，手执菜刀，朝桌上一只南瓜乱砍。

这南瓜是陈国秀昨天摘回来的，饱满，光滑，爱煞得像能说话，可现在已被砍得稀烂。手机就放在旁边，随时可能成为渣滓，稍后一点，还放着电视机，要是……陈国秀冲进去，先抢过手机，再去夺刀。桂平昌本来没多少劲，今天却肩膀一抖，把陈国秀甩出老远。

"剁成浆子，剁成灰！剁成浆子，剁成灰！"

他这样叫嚷着，每个字都吐得咬牙切齿，刀也下得忒狠。

南瓜确实已成浆子，因此刀刀砍在桌上。

那张桌子，陈国秀嫁过来时就在，婆妈曾说她嫁过来时也在，那张桌子是供过好几代人的，既供活人的饭菜，也供祭祀的香蜡，桌面积满烟尘和油垢，却异常结实，村里还很热闹的时候，无论哪家办酒设席，都少不了它，无论哪家死了老人办丧事，请来狮子队表演高空杂技，它也是作为底座。后来把电视机买回来，也是放在上面，尽管看得少，陈国秀是基本不看，但电视机摆在那里,也就摆了一份热闹,哪怕是别人的热闹。那张桌子是这个家的见证和功臣。

没想到今天遭此一劫。

如果不是吴兴贵回来得及时,桌子多半就彻底毁了。

吴兴贵跟陈国秀一起,把桂平昌控制住,夺了他的刀。

刀一离手,桂平昌呻唤两声,即刻瘫成烂泥。

十九

那天夜里,陈国秀先弄了饭,去床边服侍桂平昌吃,桂平昌不吃,她自己胡乱刨几口,又去给桂平昌喂药。药丸倒进她的掌心,害羞似的挤着一堆儿;即使挤着一堆儿,合起来也不及一颗绿豆大。实在太小了,吃一粒行吗?她真想把三粒都给桂平昌拍进嘴里,但鲁凯历来是用猛药的,不管治啥病,药量至少是其他医生的倍数,他说一天一粒,其他医生定是要求擂成粉,分作两天甚至三天服用,如果三粒一起吃下去,就相当于一顿吃了六天甚至九天的药。

那不是医人,是医牛。

这么一想,陈国秀不敢那样做了。

不知是不是有了那通发泄的缘故,桂平昌很安静,安静得像一个真正的病人。陈国秀坐在床沿,捧起他的头,给他喂药,他也只是微微龛开嘴。温开水从嘴角溢出,陈国秀用手给他擦,越擦越多,湿答答的,黏人,不像开水,像口水。她没再管,把他的头放下,让他平躺着。他睁着眼睛,眼里啥也不装,像两个洞子。这时候,陈国秀做了一个动作,让她事后觉得很不吉利:她伸出手,从眉头往下抹,把他的眼皮合上了。

悬在屋中央的电灯暗了一下。她干脆将它掐灭,弓下腰,在床头柜上摸索,找到昨天没用完的小半盘蚊香和放在旁边的火柴。划火柴的声音像撕碎一块布。蚊香点燃后,她起身朝卧房门口走。走两步怕他受凉,又回过头,从蚊帐架子上,扯下一件曾用于驱赶蚊虫的旧衣服,搭在他的胸膛上。蚊帐是早就拆了,好几年前就点蚊香了,但那件衣服一直搭在那里,轻轻一碰,陈年往事的气息,就蚊虫一样扑。

做了这些事,陈国秀再出去忙杂活。

杂活本来不需要忙那么长时间,但她一直忙到鸡叫二遍。

实在太累了,手啊脚的,都不长在自己身上。可熄了伙房的灯,她却并没进卧房里去。她坐在火塘靠窗的一侧,拿着铁火钳,在冷灰里刨,像她冷,要刨出一粒火星暖身。其实她一直出汗。月光照进窗口,火塘正中,便落下一个硕大的头影。头影周围,月光如汪洋的流水,她的头漂浮在水中,证明她的身子,她的心,都被淹了。她想挣扎,却又感觉到没有挣扎的必要。

都这个岁数了,岸很快就会到来。

不过那是另一条岸。

有岸就好,总比泡在水里强。

这时候,她听见遥远的嬉笑声。

或许并不遥远,就在院子的另一角。笑声跟月光一样,化成水,涌过来淹她。月亮是最浓的云,笑声也跟月亮一起,飘过来罩她。

她带着豁出去的心情,尖着耳朵细听,却又啥也听不见了。

静,静得石砌的灶台也能发声,像在伸懒腰,又像在叹气,令她毛骨生寒。

她却依然没动。她清楚地记得,自己来桂家相亲那天,也是坐现在这位置,那时候的长辫子姑娘,转眼间就成满头花白的老妇人了。想必,从相亲至今,该有一大堆日子,可那些日子沥青似的,粘在一起,掰不开,揉不碎,皮面发黑,里子更黑。所以没必要去掰。

邻院的鸡又在啼鸣,吴兴贵和陈国秀家的鸡急忙应和。应和之声尽管响亮,却是零落的响亮。滴滴,嗒嗒,有一下,没一下。当陈国秀家的鸡停下来,吴兴贵家的鸡也停下来,邻院的鸡声就如来自隔世,来自往古,细弱,缥缈,荒芜,鬼气森森。

鸡声与其说是在打更,不如说是在找寻同伴。

在这大山深处的村庄里,它们已经没有几个同伴了。猪狗牛羊,也没有几个同伴了。它们叫声孤单,蹄印寥落……

夜晚深沉。天地万物,该睡的和想睡的,都睡了,不该睡和不想睡的,还醒着,该睡却不想睡的,也醒着。

陈国秀醒着。月亮醒着。夜越深,月光越亮,亮得汪起来。

陈国秀不是凭鸡声，而是凭月光的亮度明白，再不睡，就会漏尽天明，她就没有睡觉的机会。庄稼人只要身上无病痛，只要坡上还有活路，是不兴白天睡的，而到了这时节，就算有点儿病痛也只能挺，村外的谷子临近成熟，谷香已跟随夜风，时浓时淡地从田野飘进院子，再晒三五个太阳，谷粒收了浆，就该收割，收割之前，镰刀要磨，院坝要扫，晒席要补……收割庄稼其实也是服侍庄稼。服侍人和服侍庄稼，都一样是忙差，也是苦差。

陈国秀起了身，跨过伙房中央一片三角形月光，走向黑黢黢的卧房。卧房斜上方的亮瓦，多年没清扫，积着蜡黄的尘垢，磨盘大的月亮也照不透。里面悄无声息。自从给桂平昌喂了药，一直就这样悄无声息。

这正是陈国秀期待的，却也是她担忧的；她担忧桂平昌又会突然说胡话，甚或像傍晚时一样，冲出卧房，乱砍乱嚷。

他没有，这太好了。

然而，离鲁凯说的连续睡十个钟头，还远着呢。

陈国秀巴望十个钟头赶快过去。但只凭那粒药丸，行吗？鲁凯开的方子里，可不止那几粒药丸！药丸还是她要的，在鲁凯的方子里本来是没有的。

在伙房坐那么长时间，陈国秀强迫自己胡思乱想，而事实上，鲁凯的那句玩笑话，像枚锋利的铁钉，始终扎在她身体里最敏感的部位。

她忽然发现那不是玩笑。

那个短腿鸡胸的家伙,鲁凯,把她最隐秘的症结都看穿了。

不脱光跟桂平昌睡,有多少年了?陈国秀记不清,反正有很多年了。从小儿子的年岁推算,该有十八九年。十八九年之前,桂平昌只有四十来岁,陈国秀只有三十四五,都还算年轻。

开始是没心情,后来简直厌恶。

心里厌恶,身体也厌恶。

有些事情,陈国秀对自己也要回避。那是毒药。如果苟军……是我男人,我就……不会受那样的欺负……这样的心思,她确实有过,但她不敢去回想。

那太恶心了。见到苟军就恶心,没见到,只提到他和想到他也恶心,怎么可能让他做自己男人?但这样的说服没有力量,因而不能说服。

她只是恶心了苟军,又恶心自己。

正因为对自己恶心,她再不跟桂平昌做那种事。桂平昌求她,求不成,就掐她,咬她。越是这样,她越厌恶。她觉得一个男人如果真发了急,真觉得女人做了对不住你的事,你可以用手打女人,用脚踢女人,用烟头烫女人,唯独不可以用指甲掐女人,用牙齿咬女人。何况掐和咬的时候,还阴悄悄的。他自己不敢出声,也怕她叫。可是她不叫,他又得不到满足,因此希望她叫。她偏不叫。不屑于叫。她手臂乌紫,大腿乌紫,奶膛乌紫,有的地方被刀片似的指甲割破,血痒酥酥地往外爬,但她就是不叫,也绝不做出痛苦的样子。她想的是,如果你桂平昌像苟军,敢拿了使牛棍打老婆，我也可以像孙月芹，喊爹叫娘地呼痛，你既然不敢，那你掐死我，咬死我，我也不当回事。

既不叫，也不反抗。真的反抗起来，她不一定会输给他，但她不。她只是让他不存在，更不把自己给他。当他累得汗流浃背，气喘吁吁，却发现离她越来越远的时候，便垮了，败了。比在苟军那里败得更惨。

好像是小儿子满六岁过后，也记不住具体是哪一天，他突然停止了对她的折磨。其实是停止了对他自己的折磨。

他认输了。

先是心里，然后是身体。

刀枪入库，两人和平共处。

之后苟军离开。这对他们而言，应该才意味着真正的和平。他们有精力腾出更多心思，来打扫各自的战场，也帮助对方打扫战场。

然而事实并非那样简单。

二十

苟军锁了房门,一天没回来,两天没回来,一年没回来,两年没回来,直到第五年也没回来,但这并不能说明什么,村里最先出门的几个,除了符志刚,不都是五六年也不见打个转身么?苟军的迟迟不归,反而让陈国秀更紧张,就像身边有个打着震天响的呼噜让你无法安睡的人,呼噜声突然停了,你不是轻松下来,恬然入睡,而是更加清醒和不安。你担心呼噜声又会起来。你甚至期盼它快一点起来。但到了第七年,第八年,苟军依然不见影子,陈国秀就想,苟军去的那个塞拉利昂,难道比省城还远吗?比北京还远吗?

但愿它比天还远!

确实像比天远,别的几人虽少于露面,却不断有消息传回来,即使杨峰,领走老婆娃儿过后就把村子扔了,连母亲去世也不回来奔丧,连对亲弟弟也不闻不问,可普光镇和千河口,照样能经常听到他的消息。

苟军却无任何消息。

直到这时候,陈国秀才扭松了螺丝,慢慢去淡忘那些耻辱和伤痛。

淡忘不是忘记。

伤好了还有伤疤。

她想干干净净回到以前的自己,再怎么努力也办不到了。

桂平昌同样办不到。自从停止了对妻子的折磨,桂平昌对生活的全部欲求,都寄望于儿女、土地和庄稼。他很少休息,除了睡觉,几乎就没休息过,像忙着春耕的牲口。即使酷暑天和白雪盖野的日子,他坐在家里,也是织花篮,编背绁,做锄把,磨弯刀,更早的时候还打草鞋。他这是在逃避。以消耗自己的方式逃避。

他要让自己成为没有性别的人。

他们都是没有性别的人,尽管每天夜里睡在同一张床上,却不会脱光了睡。她更不会把她的奶,顶在他的心窝子上睡。

他们各睡各的。

这样的睡法,已经有十八九年了。

难道鲁凯把这些也能看出来?

其实,鲁凯能不能看出来,看没看出来,都是无所谓的,真正让陈国秀烦躁的,是怕桂平昌的病就是"那样"得上的。鲁凯当赤脚医生时,跟平辈妇人开玩笑,老是说:

"别看个个男人五脏俱全,其实从头到脚就长两样东西,上头嘴巴,下头啥子巴,我不说你们也晓得。男人就这两样了,没多的了!你们把自家男人的那两样东西伺候好,他们就不会生病。当然,你们要是对我鲁凯好,想照顾我的生意,就别去管他们的上下二'巴',让他们多到我这里来。"

这些话分明就是胡扯——未必不是胡扯而是当真?未必要医治桂平昌的病,我就必须把自己当成药引子?

陈国秀觉得屈辱。

在这个深夜里,她走向卧房,感觉自己就像一头行将就戮的羊。羊不想走进那道里面架着屠刀的门,会把脖子扭过来,屁股朝后缩,蹄子刮得噗噗响。陈国秀似乎也听到了自己蹄子刮地的响声。但她不是羊。羊不想进去,主人家拍拍它的屁股,它也就扬一扬脑袋,认命地进去了,她却完全可以说不。

她可以去睡儿女们当初睡过的房间……

不知道为什么,这想法刚一产生,她的肚子便痛起来。只痛了一下,却格外猛恶,像有人抓住她的肠肝肚肺,使劲儿扯了一把。

深渊一般的静夜里,她感到惊慌和恐惧。于是她不再多想,也不敢多想,像羊,扬一扬脖子,走进了那间睡了几十年的卧房。

桂平昌呼吸均匀,该是睡得很沉,很平稳。陈国秀估摸着时间,如果他吃了药就睡,现在应该有四个钟头了。床头的蚊香已经熄灭,至少有四个钟头了。也就是说,再睡六个钟头,他就好了。陈国秀轻手轻脚,生怕把他闹醒。

不过上床之前,得续上蚊香,就算她不怕咬,也怕蚊虫咬醒了他。床对面的墙根底下,摞着三口红漆剥落的箱子,大半盒蚊香放在箱子上的,她去撇开一盘,万分小心地蹲到床头去,划燃火柴。

火柴划燃的,是三束亮光。

另外两束,是桂平昌的眼睛。

眼睛大睁着,明显不是刚刚醒来。

火柴梗在陈国秀手里燃尽,烧得皮子炸响。她恼怒地扔掉,膝盖一撑,伸手摁亮了电灯。这时候她才看见,桂平昌大汗淋漓,脖子上的汗存不住,顺着肩胛往下流。她掀掉盖在他身上的衣服,出去倒来半盆热水,用帕子绞了,为他擦胸膛、颈窝和脊背。颈窝里很黏稠,可能是早先流出的口水。

擦洗的过程中,她问:

"好些了吗?是不是好些了?"

她多么希望他嗯一声,或者点点头。

但是他没有。

陈国秀有一种想哭的感觉。

刚遭受苟军欺负的时候,她会哭,后来就不哭了,苟军打得她鼻青脸肿,她也不哭;再后来,桂平昌掐咬得她满身青紫,她同样不哭。

现在,她更不会哭。

她只是句句短促地说:

"睡吧。鲁凯说了。吃了那粒药。睡上十个钟头。你就没事了!"

她把水端出去,哗的一声,泼在了院坝里。

月光和水一同流。

二一

桂平昌很虚脱,但陈国秀割谷子的时候,他也拿着镰刀下田。镰刀在他手里比一把斧头还沉,分明磨过的,刀刃却像比刀背还钝。陈国秀说:

"你歇着吧,不过就几亩田,我一个人割得过来。"

千河口地域广大,但多的是林木和石山,按桂平昌和陈国秀的人头,水田分了不到两亩,当绝大部分村民离开了村子,绝大部分田土抛了荒,他们看不过,再加上一点贪心,自己的份额之外,又多种了五亩有余,加起来共有七亩。

万里无云,四野无风,窝在山壁下的稻田里,更是风层层儿也没有,偏偏太阳不被山遮挡,火球似的悬在头顶,要独自一人顶着那轮火球把七亩割完,小年轻也会在浑身冒油时,半直起身来,大声控诉:

"累死个人啊!我的腰杆不见了哇!"

也不知控诉谁,又向谁控诉。他们没经验,不晓得在收工之前,是不能直腰的,否则就再也弯不下去了,真的像是没有腰了。

要碰上吴兴贵,就会放了声唱:

天上玉皇要饮露(喂),
地上万民要吃粮(嚯)。
玉皇饮露随手取(哟),
万民吃粮累断肠(呢)!

他把自己去跟玉皇大帝比,心中似有不平。其实累才是真的,不平是假的。自从有了陶玉,他心里好像从来就不装不平事,即使苟军为一窝白菜去向他问罪,事情过了也就算了,毕竟他没挨打,陶玉也没挨打,苟军自己反倒被吓住了。再苦再累,只要有陶玉在身边,他就觉得自己比玉皇大帝还过得逍遥和舒坦。

因此他又接着唱:

她是一个女,
我是一个男,
变成两只嘟嘟鸟,
扑噜飞上天,

观音见了眯眯笑,

玉皇见了躲半边。

陶玉是他的仙女,比玉皇身边的仙女更妖娆动人,所以玉皇也要吃醋,怕吃醋得不能自持,做出有失身份和体统的事情来,就躲开了。

但这样的自美,并不能解除他的劳苦。头顶烈日,曲腰撅股地割那么一阵,他又拉长了调子,歌唱似的呼喊:

"老天爷呀,硬是把我肠子累断哦!"

陈国秀虽比吴兴贵年轻,可到底是女人,累不断肠,也要累垮筋骨。

不过,只要桂平昌的病好了,她的心情就好了,再累也不觉得累。

她把丈夫病情的好转,当成自己的意外之喜。

确实也像意外,完全说不清病是怎么好的,就像说不清病是怎么得的。

当然,鲁凯给的三粒药,是全吃了,每吃一粒下去,都出狂汗,几趟汗一出,桂平昌能够真正入睡了,晚上睡了白天睡,醒来后再不说胡话,更不磕头。

为此,陈国秀心生感激。

感激鲁凯,也感激桂平昌。

鲁凯的确有本事,她给他讲桂平昌的病情,只讲了桂平昌说胡话,并没透露他磕头求饶;她心里想的,是苟军肯定已不在人世,但他的鬼魂跑回来,像生前一样欺负桂平昌,桂平昌是在给那鬼魂求饶。这事怎么给外人去讲呢?连最关键的病情也隐瞒,鲁凯只听个半截子话,照样能治,难怪他生意那么好。

她感激桂平昌是因为,鲁凯开的药,除了那三粒小如人丹的药丸子,还有她的光身子,桂平昌只吃了药丸子,没吃她的光身子,自己就好了。他没有为难她。

然而,如果她真像鲁凯说的那样去做,桂平昌会不会觉得也是对他的为难?

想到这层意思,陈国秀免不了涌起一丝悲凉。

但她心里清楚,悲凉不悲凉是她自己的事,与丈夫无关。她自己先那样想了,他那样想,就该理解。她不仅那样想了,还那样做了,这些天来,她上床连长裤子也没脱过。扪心自问,如果桂平昌知道鲁凯开的药方,要求把每道药都吃下去,她会同意吗?

不会的。

她觉得自己不会的。

既然如此,她就不该有啥不满意。

三十多年来,她对丈夫总不满意,可究竟说来,她还能要求他哪样呢?斗不过比自己强蛮的人,心里怕,是人之常情,并不是什么罪过。他在暗夜里掐她,咬她,是因为她拒绝尽妻子的义务……

陈国秀又开始讲道理了。

只是她感觉到，爷爷当年教训得没错，道理离生活真的很远。

连她自己，也不能从那些道理当中获得平静了。

二二

　　镰刀在手里吼叫着，稻秆像不是镰刀割断的，而是被镰刀的吼声割断的。千河口人割谷，镰刀都是伸向稻秆中间偏下的部位，小半留在田里，犁田时翻进土里，烂作肥料；大半连着谷穗背回家，在院坝里连磙带拌去净谷粒后，上到草树上，经半个秋天，变成枯草，冬天扯下来喂牛。

　　而今的千河口，总共只有两头牛，符志刚的女人夏青喂了一头，桂平昌和陈国秀喂了一头，那些没喂牛的，犁田时都借他们两家的牛去使，却从不会给牛割一把草，也不会在落雪天将自家的枯草提一捆来投进牛槽，牛为他们辛苦得嘴角流白沫，而他们要么割谷时就不存草，要么将枯草烧成灰，甚至任由它让雪沤烂。世间找得出平坦的路，却找不出一件真正平坦的事。说吴兴贵心里不装不平事，很可能只是不装，并不是没有。

　　桂平昌跟不上趟，和妻子越拉越远，但他并没丢下镰刀。想想以前,他该是多么享受这样的日子,阳光炽烈,正是割谷的好天气,金黄的垂穗,珍珠般闪光,鸟群逐着谷香,卖力啄食,希望抢在农人把秋天搬进村庄之前,饱餐几顿。这样的日子和景象,本是多么美好,可今天桂平昌感觉不到了。

他只闻到一股焦煳味儿。

那是太阳把妻子的脊背烤焦了,也把他自己的头皮烤焦了。陈国秀是弓着腰割,桂平昌腿股子软,差不多是坐在地上割,割几窝挪一下屁股。

陈国秀回头看他,回头的瞬间,汗水泼在手膀上,手膀被烙出红印子。汗水也是沸腾的。她见他割得那样慢,又见他消瘦成稻秆样的身体,突然来了火气:

"叫你歇着,你为啥不听?帮不了忙,又把自己搞病,我难得服侍你!"

无论是轻言细语地讲道理,还是大声武气地发火,妻子的话都无法反驳。桂平昌也不想反驳、不会反驳。他歇下了,从荷包里摸出旱烟来抽。

烟刚点上,陈国秀又发话了:

"你不晓得去阴凉处歇呀!"

桂平昌站起身,走向傍崖的田畔。田埂底下的堎坎上,长着一棵核桃树、两棵杉木树、三棵李子树,都是他家的树,杉树专门留着,将来为他和陈国秀做大料用的,现在已有碗口粗。再长这么粗,做一副大料就完全够了。再长这么粗需要多少个年头?

总得要十年八年。他能活那么久吗？或者说，当一根杉树长到可以做一副大料的时候，他就必须死吗？

桂平昌不愿去想这事，在树荫下几朵猪鼻孔草上坐下来。猪鼻孔怕痛，不想他坐，但它们的根扎在地下，想逃也逃不了。扎根可以活命，可以生长，也可以囚禁，可以戕残。透过树与树之间的缝隙，能望见几十米下的池塘。池塘周边，差不多都是夏青和杨浪的田地。夏青这时候也在割谷，小小的人影高于土地，低于日头，有种说不出的孤单。四十刚出头的女人，长年累月独自在家，不仅喂了一头牛、四五头猪，还种了三亩旱地、九亩水田。她比她的牛还苦。人家都说，在丫河口，桂平昌能吃苦，但跟夏青比起来，桂平昌就算闲人。

不过夏青以前倒不是这样的，那时候，老是病恹恹的儿子跟在她身边，她虽然愁，却过得白天是白天，晚上是晚上，后来儿子病情好转，也出门去了，她反而没个抓拿，最近两三年，更是心急火燎，恨不得世间没有晚上，只有白天，好让她不歇气地去坡地里忙活，像她不够吃，也不够穿。她男人在外面年年月月地挣钱，虽然挣得有一个没一个，毕竟在挣，儿子同样在挣，她究竟急啥？是因为这么多年过去，她男人还是个打工的，没能像杨峰和刘志康那样当老板吗？她就为这个急吗？可是她也不想想，符志刚毕竟也没像李奎那样被关进牢房。人比人，比死人，比上不足，比下有余，就够了。

不一会儿杨浪也冒出个扁平的脑袋来了。

杨浪迈着龟步，走过池塘，又从夏青的田埂上走过，进了自己的田里。他也是去收谷子的，但不背花篮，也不拿镰刀，只端着一口升子。他田里的野草深过谷穗，谷穗要不到阳光，成熟得比别人家的晚些，但他垆缸里的陈谷已经罄尽，等米下锅，便端着升子进田，找谷穗上黄熟的粒儿，揪下来，回去用碓窝舂出米，把青的留着，让它们慢慢熟，他吃完了再来揪。

这东西到底是过着怎样的日子呢？分明有个亲哥哥在省城，既有钱又有位，他哥哥随便掰个角角儿给他，别说在千河口能过得流汤滴水，就是在镇上，乃至县城，照样能，可他就不去找。

不去找哥哥倒也可说，因为哥哥本身就不认他。

他们父亲死得早，母亲特别偏心——人不偏心是不可能的，没有一点分别心，就是菩萨了，人不是菩萨，所以多多少少，总会对这个好些，对那个差些，这很正常；哪怕对亲生儿女不能一碗水端平，也正常，但像杨家兄弟的母亲那样偏心，着实少见。千河口的老辈人都说，在他们母亲看来，手心是肉，手背是皮，小儿子杨浪是手心，大儿子杨峰是手背。弟弟哼一声，哥哥就要挨打，也不管是为啥哼那一声。不仅挨打，还打得皮破血流，甚至差点就打出残疾。那完全不是母亲打儿子的打法。她把生活的重、日子的苦，都泼到大儿子身上了。

杨峰很早就想离家出走。自从走下老君山，四海为家独自打拼，他心目中就没有了老家，也没有了老家的亲人。发财过后，他到处捐钱，单是在省城，就修了儿童医院，还修了恐龙博物馆，成了名声响亮的企业家和慈善家。可他就是不拿一文钱出来给弟弟用。

这么说来，杨浪不去傍哥哥，是他识相，但又为什么正事不好好做，非要费心劳神地去搜集声音？说他懒吧，他真的比狗都起得早，绝对可以跟夏青一起，算作千河口最勤快的人，甚至比夏青还勤快。但人家夏青，每年出几头肥猪，收万多斤粮食，而你杨浪就当了个录音机，收了大堆看不见也摸不着的声音！像是怕声音发霉，过段时间他就翻出来晒一下，也就是用他的嘴学一下。

别人晒粮食，他晒声音。

听起来简直是笑话，却是他的全部乐趣。

那年九弟摔了岩，伤口愈合了，头却痛得慌，他感觉自己活不了几天，临死前百事不想，只想"他们"：村子里死去和离开的人。他叫杨浪挨个学那些人，让他听听。杨浪去到九弟床前，让九弟闭着眼睛听。百鸟不同音，千口不同调，连一声浅笑，一声叹息，都被杨浪从光阴的深渊里唤醒。村庄在他声音里复活，复活到最热闹时的景象。或者说，杨浪用他的声音，重建了一个村庄，只不过房舍还是那些房舍，男女还是那些男女。九弟听到了，并透过声音见到了。他听得心满意足，好几次热泪盈眶，后来死得也少了许多遗憾。

九弟家跟桂平昌家，只隔两间房子，那天下午，桂平昌和陈

国秀在酸枣坪办地,铲㘭坎时拗断了锄头,桂平昌回来换锄头,进院坝时,刚好听见杨浪在学江杏芬唱"颠倒歌":

  锄头扛肩过山坡,
  山坡行在脚底窝。
  耕牛牵着四季走,
  粮食吃人有几多。

  学了江杏芬唱歌,又学鲁细珍踢毽子。鲁细珍能一次踢五个毽子,五个毽子次第擦过空气的声音,在脚尖脚背敲击的声音,鲁细珍微微喘息的声音,还有观众们的笑骂声、喝彩声、凝神屏气声,得得在意,声声在耳。

  桂平昌本来很看不起杨浪的这一套,那天却也听得入神。

  然而,众声之中,又出现了一个声音:想笑,又不愿让人觉得他跟大家一样,便尽量把笑憋住,只在喉咙里挤出咳嗽似的声音。

  这是苟军的声音。

  听到这声音,桂平昌离开了……

  此刻,桂平昌坐在田畔的树荫下抽烟,又鲜明地听到了那个声音。

  那个声音让他把眼前的一切都忘了。

  忘了烈日,忘了田野,忘了妻子,也忘了杨浪和夏青。

他心里只想着两个人。

一个活人,一个死人。

活人是苟军。

死人是苟军的尸骨。

二三

十多天来，桂平昌都在试图忘记。

就像被捉拿的罪犯忘记手铐，被关押的囚徒忘记大墙，被击中的伤兵忘记枪子儿。越想忘记，手铐越凉，大墙越高，枪子儿越烫。

他的谵妄症就是这样得来的。

即便睁着眼睛，他也被一个影子般的人领着，穿林打叶，踉踉跄跄走过阴森狭长的洼地，仿佛走了几度春秋，才劈面撞见一道山门。山门上青苔离离，当门自动启开，两扇青苔便朝里奔跑。他跟随那个影子人，跨进去。

进去后，门立即关闭。

开门时阒寂无声，关门时震荡山岳。里面的院落深似黄昏。也正是黄昏如雨的时候，柱头、挑梁、屋檐和周遭的怪树上，重重叠叠堆拥着黑色。黑色朝他眨眼睛。他正迷惑，"呀——"的一声,黑色耸动翅膀,让麻布似的天空动荡倾覆。他战栗着,朝影子人靠近,可那人早不知去向,连影子也没留下。他急忙朝一间空屋里躲。那间屋子没有屋顶,几面绿墙之间,敞着一扇门。他刚躲进去,黑色就跟进来,且高举着斧子。是把宽刃大斧,可以劈柴,可以剁肉,当然也可以杀人。尽管他懦弱,可这时候也明白:反抗生,顺从死。

反抗是唯一的出路。

于是他就反抗了。

他跳开一步,跟斧子保持足够的距离。他需要一个东西来延长自己的手臂。屋子里,除贴地而生的浅草,无任何物件。但他摸到了墙体上的另一扇门,这扇门由几棵树做成,是死门。几棵树皮面粗糙,脂油腻手,花香乱目。是李子花的香气。这么说来,该是农历二三月间。不过他不关心季节,只关心步步逼近的斧子。他想把门推开,可它是死门,又是一扇活着的门,那门对斧子胁肩谄笑,跟斧子勾肩搭背,铁了心要送他走上不归路。他向斧子求饶,向手执斧子的黑影求饶。他并没有伤害他,是他伤害了他。可正因为是黑影伤害了他,黑影才不打算接受他的求饶。他看见斧子在滴血,那是他的血。情急之下,他发现那扇活着的门开着裂缝,便肩膀一缩,肚子一收,从裂缝间挤了出去。

咕咚!

他掉进了水里。

他生在山里,长在山里,跟多数山里人一样,见到的是雨水——雨水里不能游泳；是山洪——山洪里不能游泳；是渠堰——渠堰里不能游泳；是池塘——池塘里可以游泳。他在水里的全部本领，都是半亩池塘给的。

那是好多年前的事了，那时候他还敢在众人面前光着屁股，亮出鸡鸡。可即便在那时候，他下水的机会也少之又少，他从小身体弱，父母怕他经不得风吹雨淋，只要他下水，捞出来就是一顿暴打。这让他的胆子越变越小，小得像鸡的胆子。再后来，父母不打，他也不敢到水里去了。小学毕业那年，热得脚板都不敢往地下放，走路是跳着走——从这朵草跳到那朵草，其实草也是烫的，好在不像干土和石地，能把皮肉烫煳，整个七、八月间，每到午后，池塘里就闹翻了天，他却倚着岸边的李子树，不敢下去。堂妹小翠说：

"哥哥不怕，下来，我带你。"

那时候小翠才五岁，就敢拿条大人的裤子，做成水牛角似的救生圈，骑在上面，游到池塘中央。满池塘的人都笑他。苟军撇撇嘴，打个溺头儿，就不见了踪影，冒出来时，已在池塘的那一边，然后双手没于水中，踩着立立水游回来，距岸十米左右，突然手一扬。一条滑溜溜的水蛇飞到了桂平昌的脚下。水蛇伸出脑袋，莫名其妙地张望几眼，从另一面斜坡梭到水田里去了。这次吓破了他的胆。胆子本来就小，很容易吓破。从那以后，哪怕池塘里演大戏，他也不敢去看。

他怕水，在水里的本领更是极其有限。

何况这是二三月间,春寒未退,他的夹衣和线裤被水一泡,即刻成为捆绑他的绳索。

更何况,岸上还有一把斧子,他挣扎到哪里,斧子就逼到哪里。

他不想挣扎了。

过一会儿,他听见岸上有哭声。

是另一个黑影在哭。

一个女人模样的黑影。

他认识那个黑影,并在那黑影的哭声里得到安慰。

她哭他,也就够了。

他得到安慰,老天似乎也得到安慰,云层薄了,化了,黑色遁去了,星光出来了,他俯卧在水面上,从水的水里看到了自己:头大,眼小,神情忧郁……

他觉得这不是他自己。

可不是自己又是谁呢?

桂平昌不知道他是谁了。

二四

这情形虽然严重,却比前些天的混乱好得多。

陈国秀去找鲁凯那天,陈国秀刚出脚,桂平昌就觉得自己在分裂。如果身边有面大镜子,他全身照一下,会看见身体是他的,可头和脸都不是他的了。帮忙照看他的吴兴贵坐在旁边,让他难过。他古怪地感觉到,他脖颈以下的部分跟吴兴贵亲近,头脸却对吴兴贵仇恨:刻骨仇恨。他不知道这是为什么,只清楚地记得,那天他一直憋着劲儿,把自己保持住,既没说胡话,更没跪着求饶。他总觉得吴兴贵想听他说,也想看他跪。他不能让他得逞。人可以遇到丑事、烂事、惨事,可以承受最最不堪的结果,但几乎没有人愿意让别人看见自己承受的过程。每次在陈国秀面前说了,跪了,清醒过来的瞬间,桂平昌都羞愧难当。更不要说在一个外人面前。

他暗自责备陈国秀请吴兴贵来照看他。

让人知道他得病,就够丢脸了,还请人来照看。

他多次对吴兴贵说:

"兴贵,你去忙你的,我没事。"

为表明自己确实没事,吃午饭的时候,他不仅喝了酒,还故意多吃了一碗饭。但吴兴贵就是不走,说自己不忙,还以"国秀交代的"为由,固执地留了下来。

分裂和保持,都让他透支,使他不停地出汗。吴兴贵殷勤地为他擦,出一点擦一点。这简直是对他的折磨。他干脆闭上眼睛,装睡。但闭上眼睛并非就不能看见。他看见的是一把斧子,是手执斧子的黑影。

惊惧之下,他骤然睁开双目。

吴兴贵正朝他笑。

他又装睡。

很快又把眼睛睁开。

吴兴贵还是在朝他笑。

他继续装睡,而且不睁眼睛了。

吴兴贵还在朝他笑吗?是的,他闭着眼睛也能看见。他一直认为闭着眼睛是看不见什么的,现在知道错了。有些事情,闭着眼睛照样能看见。

是时间救了他。天色晚了,吴兴贵要去挑腌臜水。

可这也差点毁了他。

吴兴贵刚走,他就看见那架白骨出了洞子,僵硬地走过凉水井,走过杂木林,走过池塘,从竹林旁边的小路上了院坝,直杠杠朝他家走来,用头把门顶开,跨入伙房,倾过只有两个洞的鼻子,嗅着灶台和案板。同样是两个洞的眼睛里,缓缓地流出黄水。那是泪水吗?见他桂平昌还在过日子,他想不通吗?他抬了抬手,想把泪擦去,可两只手直杠杠的,上下交错,怎么抬也不济事,于是放弃了努力,朝桂平昌卧房走来。伙房到卧房,要过两道门,两道门都没关,他很顺利地进了第一道门,这道门高于地面半米多,门内铺着木板,他只有骨头的脚,踩在木板上,不像踩,像戳,响声古旧、阴沉。整个屋子里,即刻弥漫着尸体的气息。

桂平昌被这气息呛住,肺肿起来,眼球往外凸。

而那架白骨,已迈入第二道门槛,只需三步,或者四步,就走到床边。他翻身而起,从白骨身边挤过去,冲进了伙房。并不是他看见了八仙桌上的南瓜,而是南瓜主动让他看见的,南瓜变成了白骨的头,圆滚滚地向他示威。与此同时,案板上的菜刀也扯过他布满血丝的眼睛,菜刀长着两条腿,奔跑到他的手里。

菜刀的扁,对应着头颅的圆。

这是充满敌意的对应,是毁灭的对应。

他举起了菜刀。

从小到大,他做什么事情都是被动的,这时候,他挥刀的动作同样是被动的。

可一刀下去,头颅碎成了两瓣。

这给了他无尽的勇气。

从第二刀开始,他变成主动的了。

平生第一次,他这样主动。

原来,主动是如此畅快。

他不是被鲁凯的药医好的,是被"主动"医好的。

二五

坐在田畔，桂平昌抽完一袋烟，山下的杨浪就打转身了。他怀里的升子可以装五斤，但他不会揪满，只要够吃一顿，他会立即丢手。连续多日的好太阳，让谷粒还长在穗子上时，就干了水性，拿回去直接就能倒进碓窝里舂；即便不能，铺在石坝上晒半个钟头，或者用滤帕在火塘上吊半个钟头，也就能舂了。下一顿饭，杨浪就能吃到新米了。

尽管他的稻子比别人家的熟得晚，可许多年来，他都是千河口第一个享用新米的人。别人要吃新米，需把所有稻子割完，集中将谷粒褪下，不管谷粒有多干，都再拿晒席晒几天，如果收割季节碰上连阴雨，就用烘笼烘，烘得用牙一咬，嘎嘣价脆响才罢，全部晒完或烘完，装进仓里，才撮出一背篼，牵出牛，扛上柳，拿着笤帚，到东边院子下面的石碾上，花上几个钟头，碾出米；整个村子只有这架石碾，因此得排队，有时要排好几天，轮到自己那天，才能尝到新米。现在那个碾子废弃了，是用打米机，家家户户都有小型打米机，用不着排队，出米的速度也快得多，但前面的那套工序，照样要一丝不苟地做完。

别人家吃新米的时候，对杨浪来说，那已经是陈米了。

桂平昌突然有些羡慕他。

几十年来，桂平昌羡慕过很多人，却从没想过要去羡慕杨浪。这就像陈国秀，从没想过要去嫉妒陶玉。没想过，却偏偏羡慕了，也嫉妒了。嫉妒陶玉陈国秀能找到理由，羡慕杨浪，桂平昌能有什么理由呢？

自从母亲过世后，杨浪在村里就可有可无，无论他在哪里出现，在别人眼里都只是一根会走路的木桩。这样说还是抬举了他。他啥都不是。硬要说他是个啥，就是啥都不是。连木桩、石头、土块、鸡屎、牛粪……都不是。

好不容易变了人，却混得这样不堪。

这首先与他哥哥有关。杨峰在外面做慈善家，动不动就投资上亿，却不愿为家乡架座桥、建个厂。架桥建厂也就罢了，你该不该为千河口修条路？

去年上任的村支书桂承伍，很想做些功德，把路修通。他先去找了镇长，镇长说，千河口地势险要，不好修路，加上人都快走空了，没必要修路。这明显是怕花钱。只要不怕花钱，月亮能去，火星能去，未必千河口不能去？说没必要修，更没道理，而今的村村寨寨，哪里不是差不多走空了？但搬到镇上去的，多数都想抽空回村种田地。俗话说，家里有粮，心中不慌。可对农民而言，要看到庄稼生长的过程，要亲手把五谷从种子侍弄成禾苗，从禾苗侍弄成果实，然后搬离大地，收进粮仓，才能真正做到心中不慌，否则就不踏实。即使有钱买粮，照样不踏实。他们是把粮食和耕种连在一起的，自己没参与耕种，吃着碗里的饭，就像困难年代去别人家做客，不好意思多吃，也不知道下一顿还招不招待你吃。

那些通公路的村子，住到镇上去的村民，隔段时间就租辆摩托，条件好身体好的，就自己买辆摩托，花三二十分钟，最多花四五十分钟，骑回老家，犁田耙地，播种收获，庄稼自然也免不了耽误，但耽误得少，同时还能为老屋生烟火、驱虫子。他们没丢了老家，日子又比在老家时过得伸展。千河口人却不行，上了年纪的，爬坡上坎回来一趟，先就累脱了半条命，哪有精力再下田地忙活。

桂承伍把这些道理，讲给镇长听，又讲给书记听，终于要到一笔款子，修了两公里。那两公里路从镇子北面分岔，一路蜿蜒上山，远看像飘飞的水袖。路两旁，白桦树和夹竹桃把高处和低处的阴影，投向路面，如同织锦。这么好看的路，可要是骑摩托，踩一脚油门，风在耳边呼呼两声，路就断了。断头路还是路吗？路是伸向前方，伸向目的地，断头路却没有前方，也到不了目的地。

起初，千河口人还兴致勃勃地去走那两公里，他们走在路上，说：这是我们的路。但在"我们的路"上没走几回，就不走了。摩托开不到家，步行么，比老路还远。而且老路是踩熟的，每一脚下去，都有记忆扑上来。

但桂承伍不留恋记忆。他召集村民大会，说：

"大家想一想，普光镇还有哪个村没通公路？好像除了千河口，再数不出第二个。没有路，就没有出路。当然我们有条老路，但老路上只能两条腿走，不能跑车。现在是跑的时代啦！别人都在跑，我们还在走，我们就成了原始人。大家都有脸，也都要脸，可别人打个唿哨就去来一趟，你弓腰爬背气喘吁吁捣腾几个钟头，也还在半路上，又有啥子脸面？说一千道一万，落后就是落后，找出几大箩筐理由，还是落后！大家都有田地在村里，舍不得让田地抛荒，也不敢抛荒，我们这拨年轻人，没挨过饿，老辈人是挨过饿的，晓得挨饿的滋味儿，那滋味儿我们只是听说过，没尝过，可难保今后永远都是丰衣足食，难保再没有挨饿的时候，难保我们和我们的子孙后代，身体发胖不是油多，而是浮肿。既然不敢打保票，也没有人敢打保票，哪能让田地抛荒呢？所以……"

"所以"后面的话没说完，村民就东一个西一个起了身。

都听出了桂承伍的意思：是要大家集资。

前几任村社干部，也曾想让大家集资修路，也是这样东一个西一个散了。

和前几任干部一样，桂承伍看着渐行渐远的背影，毫无办法。他不能强迫村民掏腰包。他没有那个权利。自从土地下户,后来又免除了农税提留,当村社干部的,就不知道自己应该干什么、可以干什么、能够干什么。

于是他又去找镇领导。

镇领导对他说的,跟对前几任村社干部说的几乎一样:别的村子,做买卖的,包工程的,都是小打小闹,你们村可不是那样。

领导的意思他知道,是让他去找那几个发了财的千河口人化缘。

但他还知道得更多,比如前几任干部去碰得一鼻子灰。

可他还是硬着头皮去了。

先去了县城,找到刘志康。

刘志康很慷慨,说小桂,没事,你放心好了。但他接着说:

"你还必须去找杨峰。你还没找过他么?……好,那你就去。找杨峰的时候,别说先找过我。杨峰出100万,我出100万,杨峰出200万,我出200万,杨峰一分不出,我也是一分不出的。这当中有个道理,要是他不出,我出,他会认为我是在乡亲面前讨好卖乖,更会认为我是在跟他斗富。小桂你想想,我哪有资格跟杨峰斗富?他能买几条大街,我最多买间门市。我是提防人心。虽说他在省城,平时见不上面,但毕竟是老乡,难免有打交道的时候。"

桂承伍感激不尽地出来,第二天打早,就把家乡的土特产拎了一大包，上了省城。去杨峰任委员的部门，问到他的电话，可整整一个礼拜，连杨峰的照面也没打上。杨峰先是说开会，后来又说有急事去了外地。

再不识相，也看出意思来了。

桂承伍把土特产在街头卖了，空着两手回了村子。

他没再去找刘志康，也没再找任何人，背着鼓鼓囊囊的帆布包，出门打工去了。他不当这个村支书了。于是，千河口到镇上的路，就还是祖先们趟出的关门岩、楼口门、夹夹石、鬼见愁……村民在路上走苦了，眼见庄稼被耽误了，老屋经管不到，漏了雨，遭了虫，很快朽了，甚至塌了，也就不在乎祖先趟出的路能给他们记忆，只扬了脸，吐着唾沫星子，朝着远方骂。

不骂别人，只骂杨峰。

你杨峰的第一声哭是落在千河口的，第一泡屎是拉在千河口的，你现今长成了一棵大树，但千河口是你的根。可是你丧了天良，不认这条根。你把大把的钱给别人用，就是不给家乡人用。家乡人住到镇上去，就钉死在那里，坐吃山空还算好的，还有更糟的：西边院子的张顺，只有个独儿，搬到镇上几年后，儿子在外面遭了车祸，儿媳拿到赔款，便带着孙子消失在茫茫人海里，老婆天天怄气，没多久也死了，老家的房子已经垮掉，张顺就躲在镇上的房子里耗着。还有庹传昆，同样住在西边院子，在镇上混来混去混瞎了光阴，就去茶馆搞赌，先是小赌，后来大赌，输得裤腰带都没了。老二房的郑兴梅，钱倒没怎么输，却把人丢尽了：她跟下街孙剃头的儿子勾搭上，被孙剃头的儿媳捉了奸，闹得波翻浪涌的。

在千河口人看来，这些都是杨峰的错。

如果通了公路，能时不时回来种庄稼，就闲不出那些乱子。

不过话又说回来，杨峰连他亲弟弟都不管，还管你这些外人？

这么一想，好像又想通了。

二六

别人想通了,桂平昌却没想通。他不是怪杨峰不出钱修路,修不修路,对他来说根本就无所谓。他是在另一个层面上想不通。

母亲在世的时候,曾当着他和陈国秀说:人是被亲人抬起来的,再是低到土里的人,只要亲人爱他、护他,他就有个人样;要是亲人不把他当回事,他就一辈子飞不起来,一辈子埋在土里,任人脚踩鞋踏。母亲的意思,桂平昌和陈国秀有不同的理解。陈国秀听出婆妈依然担心儿媳嫌弃儿子,就说这些话来提醒她。桂平昌听出的却是:母亲、妻子和儿女,都是他的亲人,他要一辈子爱护他们。

他想不通的是杨峰为什么不爱护杨浪。

他承认,有些人不需要亲人,自己就能飞,比如杨峰。

可是杨浪能吗?

杨浪不能。

不能自己飞的杨浪,本来有个哥哥能挣面子,还能挣大面子,结果却是遭人唾骂。骂的是杨峰,但杨峰远,接不到唾沫。唾沫都被弟弟接了。

其实,杨浪连接唾沫的资格也没有。

眼里只是不放他,看不起他,他接没接唾沫,都一样。

但世间事总是说不清。李奎还是坐牢的,他父亲李成照样过得风生水起。这是不是可以证明,自己活不出人样,亲人再爱再护,也照样活不出人样?李成是个绝顶聪明的人,做一行通一行,他种的谷子,鸡要是心大,一次啄两颗,就要哽死;他种的冬瓜,粉嘟嘟的,立起来有人多高;他养的猪,尾巴全陷进肉缝里。此外他还种烟叶、天麻、黄栀子,因为种得好,价钱也卖得好。最近这些年,他花钱从没愁过,要是他愿意去镇上买房子,想买哪里就买哪里,想买多大就买多大,之所以没去,无非是跟桂平昌一样,丢不下老屋,也丢不下田土。李奎被抓后,李成逢人就说儿子含冤受屈,听的人嘴上应着,心里却在冷笑,有的还幸灾乐祸,但要说谁敢明目张胆地瞧不起李成,那是不存在的。

可是人人都敢瞧不起杨浪。

多年以来,杨浪都活在阴影里。除李成、九弟和贵生,几乎没人跟他说话。后来九弟死了,跟他说话的只有李成和贵生了。九弟死了大半年,贵生也死了,跟他说话的就只剩李成了。李成愿意跟他说,是他为儿子喊冤时,别人都在冷笑,只有杨浪才诚心诚意又不厌其烦地听他。李成不过是找个听众,与杨浪本人没多大关系。要说有点关系,也是他希望从杨浪那里,多少能探听些杨峰的消息,他好出去神神秘秘又眉飞色舞地传播,尽管他也深知探听不到。

没人跟杨浪说话,更没人和他坐下来拉拉家常。连跟他打招呼的也少。李成只要不想说儿子,同样懒得招呼他。

不过,碰上心情好,兴致高,村里人偶尔也会招呼他一声的,却既不叫他名字(像他没有名字),更不按辈分称呼(像他没有辈分),而是叫他"那东西"。叫"那东西"同样是对他的抬举:在人们心情好兴致高的时候,他到底升格了,不是"啥都不是"了,而是真的成了木桩、石头、土块……

这样一个家伙,桂平昌怎么可能羡慕他呢?

但奇怪的是,此时此刻,也就是桂平昌坐在田畔抽烟的时候,他把杨浪羡慕得直咽口水。

看看山下的夏青,勾成一团儿,几乎见不出人形,如果不是因为在缓慢移动,完全像是被太阳烧焦的一个小黑点;再看看身后的妻子,满身冒白烟,嘴角积白沫,脸上挂着水帘子,那水帘子不是汗,是烈日烤出来的油。

哪像杨浪!

杨浪来得悠闲,去得也悠闲,日子没给他劳苦,只让他自在地活着。你说他田地种得少,庄稼长得不成样子,可他并没缺吃少穿。非但如此,他还从不把庄稼收尽,谷子、麦子、土豆、红苔、苞谷,他都留些在田地里,说是给雀子和小兽过冬。而且手脚干净得很。从坡上回来的时候,路过别人家的菜地,顺手牵羊揪几根黄瓜,摘几个辣椒,掐几尾蒜苗,很多人都做过,主人家一般也不计较,但杨浪从不这样。他用的一分一厘,都是他自己的。他需要多少,就做多少。他永远相信老天爷不会亏待他,让他撒下的种子能发芽,发芽的种子能出苗,苗子在野草丛中,能自得一份天地,开枝散叶,扬花结果。他就凭那些果实,让自己吃饱穿暖。吃饱穿暖,就是他的全部欲求了,他只需要这么多了。

难怪别人那么热衷于议论他的哥哥,他却从不议论,更不说哥哥一句坏话。哥哥发大财、有地位,是哥哥自己挣出来的,他没有什么不平衡。无论大人小孩叫他"那东西",他都欢欢喜喜地答应,父母给他的名字,他自己记得,你不记得是你的事,他也没有什么不高兴。他痴迷声音,你觉得无聊,可那回他在九弟家"晒"声音,桂平昌不照样听得入神吗?

时至今日,桂平昌还能鲜明地回忆起当时的感觉。

或许是因为没离开村庄也不打算离开的缘故,桂平昌尽管时时感到冷清,却没怎么觉察到村庄的逝去,听了杨浪学那些声音,他才有了危机,并勾起深切的怀念。他跟九弟一样,也想"他们"了。他想念的人,都是一去不复返的,偶尔回来,也是作为客人。他阻挡不了别人的脚步。当初二爸一家迁走,他伤感了很长时间,并非割舍不下跟二爸的感情,而是觉得二爸背叛了村庄。那么多辈人住过来，说走就走了，村庄眼巴巴地望着他们的背影，他们却头也不回。后来这个走了，那个走了，每走一个，都把村庄带走一部分，也让村庄荒芜一部分。

伤感日久，成为焦虑。

伤感不容易察觉到，焦虑却是明明白白的，说话的时候，像舌头上长了个东西，吞咽的时候，像喉咙里长了个东西，走路的时候，像脚底下长了个东西。

幸亏有杨浪。杨浪用他的声音，把整个村庄保留下来。即使村庄彻底消失，他还让它在自己的声音里活着。说不定，到了某一天，那些慢慢老去的千河口人，会跋山涉水来找到杨浪，让他用声音为他们引路，领他们回家——回到记忆中的家，有祖辈护爱、也有儿孙绕膝的家。

桂平昌终于也找到羡慕杨浪的理由了。

除了羡慕杨浪，他还羡慕杨峰。

不是羡慕杨峰的财富，是羡慕他的"主动"。

杨峰是千河口人，是普光镇人，是清溪河流域人，他却并不因此天然地就该把自己的财富拿给这方人享用。财富是他的，他想给谁就给谁，不想给谁，就不给。他不在乎你的赞扬，也不在乎你的唾骂。

二七

如果想成为怎样的人，就一定能成为那样的人，这个世界就不会有遗憾。不幸的是，遗憾偏偏是世界的主题。是人的主题。也是桂平昌的主题。他"主动"了那一回，治好了他的病，但病好了，病根儿还在。病根儿这东西，在肌肤，在肠胃，都好办，但要是在心里，就不好办了。在心里它就是跟着感觉走的，感觉在脚上，脚痛，感觉在脸上，脸痛，感觉在头发上，头发痛，要是忘记了，没感觉到它，就没地方痛。可桂平昌除非在睡梦中，从没忘记过，因而随时都痛。

劳动或许能帮助他淡忘。他本来就该下田去。妻子在那里挥汗如雨，他却坐在阴凉下歇息，这种生活于他太过陌生。又陌生又可耻。

开镰第二天，他没管陈国秀的呵斥，又下田割谷。

割谷的声音应该是这样的：嗯嗯——噗！前面两拍，是左手将大把谷穗握住,后面一拍,是镰刀将稻秆割断。而桂平昌割谷的声音成了:唿、唿——噗、噗、噗、噗。陈国秀的怒火又起来了。她似乎不愿意承认自己之所以愤怒,是担心丈夫身体太弱,不能受累,她不仅不承认,甚至都没意识到,她意识到的只是,庄稼人就要有庄稼人的样子,你桂平昌割谷的架势,简直不像个庄稼人。她说:

"你以为稻秆就不晓得痛?啥都跟人一样,不怕死,怕痛!你那样子割,不是折磨它?"

这话桂平昌听进去了,尽管他并不赞同。人既怕痛,更怕死。但他确实是在折磨稻子。同时也是在折磨镰刀。镰刀本来那么锋利,被你这么一使,显得它很不中用似的。当陈国秀说:

"别割了,过来帮我系把子!"

他也就把镰刀丢下了。

因为不系把子,陈国秀割得更快,割出流水般的声音。她割这么快,却能准确无误地剔除稗草。薅秧薅得再勤,再仔细,田里也会留下草,它们把自己装扮得很像稼的模样,瞒过农人的眼睛,深藏于稻子的海里,该是格外地志得意满。然而,当稻子被割掉,只把它们留下来,却又显得那般纤瘦和落寞,那副无所适从的样子,让人心生怜悯。

桂平昌跟在陈国秀后面,将她割下的谷系成把。满把谷穗握在手里,沉甸甸的,他便顶在膝盖上系。空气开水般烫人,但柔韧的稻秆上,还留有一丝清凉,通过手和膝盖,清凉传遍全身。

初始的笨拙和吃力过后,他自如了许多,也轻松了许多。望过去,是立着的黄金,回过头,是躺着的黄金,这是多么完整的日子!他热爱这日子,也热爱铺天盖野的灼人的阳光。阳光让他流汗,也给他骨力。

不过他不要去想那个"骨"字。

他要忘掉那个字,只专注于眼前。

眼前的一切都是好的。翠绿色的昆虫起起落落,偶尔停在他手背上,觉得停得不是地方,又飞向别处。其实他没想赶它们,更没想打它们。这时候,所有生命于他都是亲切的,就连剩在田间的稗草,他同样感到亲切。稻田并没干透,某些地方还有碗样的水坑,今年四月,他在这田里放了十几尾鱼苗,长到现在,该有半斤左右,但水坑里不见鱼的影子,想必是七月间的那场暴雨,把它们冲到别处去了,或者稻田干水时,它们还贪恋着某个地方,没来得及往残水里退,终于晾死在干坡上,被馋猫或老鹰叼走了。叼走了好,桂平昌不愿看到硬挺挺的尸首,更不愿看到雪白的骨架。他就要这样干净的田野,干净得没有死亡,只有生命。

陈国秀割了大半亩,桂平昌开始往回背。

比平时背得少些,但每次也装了满满一花篮。昨天割下的,昨天就背了回去,因为吴兴贵提前用了院坝,那些谷穗都堆在阶沿底下,今天陈国秀已给吴兴贵说好,由他们用,明天吴兴贵再用,这样轮换着来。

太阳快落土的时候,陈国秀不再割,也一起往回背。稻子铺在院坝里,院坝长高了许多。再牵出牛,枷上石磙,从外到内转圈,千河口叫打磙。跟打米机一样,现在打谷机也是有的,但那家伙特别费电,既然有院坝可用,有牛可使,就还是愿意打磙。石磙的吱呀声柔软绵长,今年的日子跟去年的日子、前年的日子、许许多多年以前的日子,跟河流一般悠远的人世,都天衣无缝地接上了。牛在蓬松的稻毯上走,每走一步都是试探性的,好在对它来说,石磙不算太沉。转过无数圈,把稻毯碾轧瓷实,再用扬杈抖搂、翻转。院坝里没有点灯,灯都点在天上,星星如乱石窖,多得稠密,多得天装不下,要从天壁上冒出来,亮,亮得晶莹剔透,连谷粒中夹杂的青籽和秕壳,也看得粒粒清晰。

这时候吴兴贵和陶玉出来帮忙。昨天桂平昌和陈国秀也为他们帮了忙,吴兴贵不要桂平昌帮,但他还是帮了。陶玉挥扬杈的动作,像跳舞,大团稻草被她抛到天上,平行散开,再徐徐下坠,被扬起的谷粒先于稻草,疾雨般降落。风也被她撩动,嗯啦啦吹,暂时歇在一旁的牛,兴奋地抽动鼻子,像在赞赏谷香醉人,也在赞赏陶玉的舞姿。

吴兴贵比陶玉做得更夸张,仿佛在跟妻子比试一样。不管干什么,他俩都在比试,或者说较量,这是桂平昌早就发现的,最近,这种感觉更深。他们的相亲相爱,还有许多时候根本就说不出来由的快乐,都是在秘密的较量当中生发的,如同齿轮,彼此咬合。他们的快乐之所以说不出来由,是因为有时候像快乐,有时候又不像,而不像快乐的时候,也是快乐,是快乐过了头的那种快乐。两口子深更半夜关起门来嘻哈打笑,可你要是多听一会儿,又觉得不是在笑,是在哭。笑过了头,就跟哭是一样的。每当快乐过了头的时候,吴兴贵总是用他的歌声来舒解。此刻,他跟陶玉比试着挥扬枷,也没忘记唱歌。

他唱的是:

一茬茬稼禾地里头黄,
想你想得那日子长(幺妹儿呢)。
日子长长如绞索,
一索索子捆了我两个(心肝儿呢)!

对别人,吴兴贵的歌声只是一种声音,有时还是噪音,对陶玉就不一样了,那是医她的药……

抖搂翻转之后,再接着碾。要翻三四遍,碾三四遍,牛才能歇。但人还不能歇,人从谷堆里抠出稻草,双手握住,越过肩膀,使劲拌,直到穗子上再不留谷粒,主要工作才算完成。但离真正完成,还要好些时候。女人将谷粒撮进背篼,背进屋去。男人先用稻草搓出粗大的长绳,再合草捆。

院子里人多的时候,草捆先是堆在院坝边,院坝边堆不下,就往底下的竹林外放,别挡路就行,等到农历九月十五过后,再上到草树上去。等到那时候,并不是因为那时候该收的收了,有空闲了,而是因为,过了九月十五上到草树上的草,牛才肯吃;而不上草树,只堆放在某个地方,牛照样不肯吃。这说不出任何理由,恐怕只有牛才知道理由。就像狗不吃胡豆,再饿也不吃,人不知道为什么,因为胡豆不难吃,甚至很好吃,人都不嫌,狗嫌?直到世上出了个懂狗语的人,问它们原因,它们说:胡豆是我们狗的舅舅。

万事万物的神秘联系,细想起来,真是惊心动魄。

以前为临时堆放草捆发愁,现在完全用不着。

那么多塌了房子的空地,随便堆。

这天夜里,桂平昌和吴兴贵把草捆堆在了张大孃的屋基上。桂平昌不想往那里堆:他不敢去想那口彩坛。但吴兴贵先就扔了几捆过去,他不好说什么。对自己的事情,只要别人为他安排过了,他总是不好说什么,过去是,现在也是,将来还是吗?他不知道。他希望不是。

但他明显感觉到,他恨吴兴贵。

因为吴兴贵不问他的意见,就为他做了安排。

他更恨自己。

因为他完全可以不听吴兴贵的安排,可是他听了。

二八

当又一个黎明苏醒过来,谷子差不多都已收起,草捆也堆成了小山。

夜色与晨光交接之际,天地间发出沉重的叹息,叹息声里,星星不见了,月亮下去了,天黑黑,地黑黑,身体消失,只剩下明亮的心思。

桂平昌站在寂静的草垛跟前,黯然神伤。

在他很小的时候,收谷子那些天是小孩子的节日。他不敢跟伙伴们下水,却敢钻进谷草垛里藏猫。大集体时代,捡狗粪都是全村出动,收谷子更不消说,千河口的三层院落,老二房的院坝最宽敞,因此打磙多在这里。把节日搬到自己家门口,让老二房的孩子感觉自己比别人优越。所有的收获都是丰收,场面欢乐盛大,四角挑梁上,各挂一盏大号马灯,三头牛拉着三架石磙,分内外三层碾轧,几十上百号人,忙的忙着,闲的闲着,忙的和闲的，要么跟牛说话，要么跟人说话，女人拾一枝谷穗，趁男人不备，塞进他们的后颈，那东西跟毛毛虫一样叮人，先是痒，再是痛，然后是又痒又痛，男人痒得舒服，痛得舒服，却也礼尚往来，趁女人不备，让她们尝尝同样的滋味。

孩子们理解不了这其中的乐趣，去找自己的耍子儿，先是呼来啸去地"打国"，等到合了草捆，就钻进草捆与草捆之间的缝隙藏猫，满院的孩子，有时是满村的孩子，手心手背，分出两方，一方躲，一方找。

不下五十回，桂平昌都跟苟军成为躲的一方。

这不奇怪，奇怪的是，几乎回回他都跟苟军藏进了同一个草洞。黑暗中，听见找他们的人近在咫尺地错过，两人得意地做着鬼脸。有一回，躲了好长时间，找的人也没发现他们，两人就在里面睡着了……

可是，苟军现在不是睡着了。

是死了。

他没钻进草洞，而是钻进凉水井那个没有名字的山洞，成为一架白骨了！

二九

谷子收完的第二天，正好是个赶场天，陈国秀背着两个大南瓜，独自上了街。

她没把南瓜背到市场上卖，直接去了福康诊所。她是去送给鲁凯的。鲁凯自从在镇里开了诊所，他自己就没买过菜，也没买过烟酒，被他治好的乡下人，赶场时都会顺便送菜给他，镇上人则是送烟酒。他在千河口当赤脚医生时，即便将人起死回生，也没有谁给他送什么，现在千河口人也跟外村人一样，不惧辛劳，给他送时鲜小菜来了。他的名声大了，身份也变了。

鲁凯问桂平昌现在怎样，陈国秀说，就是瘦，别的没啥。鲁凯抿着嘴笑。陈国秀从他的笑里，想起他让她跟桂平昌脱光了睡的话。他一定认为桂平昌的瘦，是跟她睡瘦的。这让陈国秀再次感到屈辱。因为深藏心底的对丈夫的愧疚，还有对丈夫很可能也不愿意跟她脱光了睡的猜疑，使她此刻的屈辱格外凛冽。

鲁凯见她脸色不好,把笑收起,又是那副一本正经的样子,说:

"把这个拿回去,让他嚼,嚼几片就胖了。"

言毕给她七八片木渣样的玩意儿,每片只有一毛钱硬币大小,削薄如纸,却收价四十。鲁凯从不因为你给他送了礼,收钱时指甲就挖浅些。

回到家,陈国秀把药摸给桂平昌:

"揣好,记得嚼。今晚上就不嚼了,从明天开始嚼。鲁凯说了,每天午饭前嚼两片。"

桂平昌把药接住。是用碎报纸包着的,他没打开看,直接揣进了荷包。第二天吃午饭前,陈国秀问:

"嚼了没有?"

他说嚼了。

第三天又问:

"嚼了没有?"

他说咋没嚼呢。

陈国秀一天不落,连问四天,才不再问了。

她问得这样勤,不只是普通的关心,还因为愧疚。在她的愧疚里面,没照鲁凯说的那样跟丈夫睡,只是一部分,是她可以面对的部分,还有另一部分,这部分她不能面对。上次拿回三粒药丸的当夜,丈夫躺在床上,睁着眼睛,她伸出手,从上到下抹,把眼睛替他合上了,当时她觉得很不吉利,过后想想自己的心思，顿时起了满身鸡皮疙瘩。幸亏丈夫好起来了。幸亏是这样。

两声"幸亏"过后，她彻底关闭了那扇门，就当自己从没"那样"想过。

紧逼过来的农活，帮助她把那扇门封死，加固。

谷子归了仓，苞谷叶干沙沙的响声又随风传进村子，是在通知：别嫌累，赶紧来收，不然就遭松鼠糟蹋尽了。人离开了，鸟兽就来了。而今的老君山，曾经消失的鸟兽，回来了大半。但最多的还是老住户：野鸡和松鼠。野鸡乱飞，松鼠成群。松鼠以家庭为单位，你占这片苞谷林，我占那片苞谷林，今天吃了，明天接着吃，老老小小，都在"自己"的领地里，绝不越界。它们吃得十分卖力，风看不过，才通知农人。

农人刚坐下又起身，抢着去收苞谷。

苞谷收结束，这一年才算大功告成。

接下来，消消停停地挨着光阴，等待太阳变冷，等待树叶变黄，等待小草枯萎，等待起风，等待下雪……其间种洋芋，秧红苕，点油菜和麦子。刚开始等待时，秋老虎就已过去，但并不意味着立即就能凉爽下来，要凉爽也是一早一晚，白天，阳光依旧很烈，前些日身上被太阳烤焦的地方，纷纷脱皮，老皮没脱尽，嫩肉没长成，接着又经受炙烤，像在伤处抹了辣椒面。再勤劳的农民，这段时间也知道将息自己，午饭后的一两个钟头，尽量躲在家里不出去。当然夏青除外，她在土地上的那种啃劲儿，已经不是勤劳两个字能说的；杨浪也除外，但杨浪虽然祖祖辈辈吃在山里，穿在山里，却很难讲他是真正意义上的农民。

要看这时节勤劳的农民是怎样过的，在千河口，看桂平昌就知道。

吃罢午饭，陈国秀去床上躺着。吴兴贵和陶玉屋里没声音，大概也在床上躺着。桂平昌不躺，不歇，但也不上坡去，只把活计搬到竹林里。

这些活计除了织花篮，编背继，做锄把，磨弯刀，还包括箍桶，搓烟绳，修背篓，砍犁头。竹林里有块两三平米宽的空地，刚好供他施展手脚。只是笋箨和竹叶上东一堆西一堆的猫屎狗屎鸡屎，很臭；也没有风，比太阳底下还闷热。这都不打紧，打紧的是墨蚊多，那些小如针尖的黑色生物，一网一网地来，顷刻间就把身上裸露的地方盖严，一巴掌扇去，满手血。它们那么小，那么无声无息，却能吃进那么多血，血流出来，彻底淹没了它们的尸首。

在这种地方，时间都用来拍死墨蚊，长手就是为了抠痒痒，基本做不成事，因此，只要弄出的响声不至于影响了陈国秀睡觉，桂平昌就到自家阶沿下去做。

尽管有些午困，但他并不感到疲倦。

这些日子，他的身体好了许多，大体恢复到了得病之前的样子。像以前的样子有个好处，就是没有人再注意你。所谓自由，就是你必须像别人习惯了的样子。别人见不惯你的样子，希望你改，但你真的改了，你就不自由了。桂平昌的身体似乎比桂平昌更懂得这个道理，日里夜里长肉，以尽可能快的速度，恢复到陈国秀习惯的样子。陈国秀只能看到他的身体，就如人人都可以看到别人的高矮胖瘦。既然他的身体好了，她也就不再去注意他、经管他，像眼下这样的农闲时节，她可以丢心落肠地睡她的觉，桂平昌也可以安闲自在地干他的活。

陈国秀睡午觉有时要睡一两个钟头，睡没睡着不知道，反正她把自己关在卧房里有那么久。吴兴贵和陶玉睡得少些，但也少不太多。跟城镇人比，乡下人的一生显得格外漫长。他们很少鞭打时间，还常常忘记了时间。人睡，猪狗牛羊同样睡，院里院外，寂寥得很。桂平昌喜欢这寂寥，他在寂寥中默默地、缓慢地，干着他的活。除了抽烟，他的嘴没张开过，唇线模糊，正如他的心思。

许多时候他没有心思——那是以前，现在不可能没有了。

手上的活变成机械性的，他的心思全在别处。

当然他不再去想小时候跟苟军钻草洞的事了。人是自我覆盖的，就像太阳，每一天都是新的，钻进草洞时的苟军，跟钻进凉水井那个无名山洞里的苟军，没有任何关系。桂平昌想的是，自己身体好了，人长胖了，陈国秀肯定又觉得是鲁凯的功劳，其实不是，那七八片木渣样的玩意儿，他一直揣着，动都没动。收苞谷那些天，他没换过衣服，反正弄脏了、汗臭了，懒得换，把那整趟活干完再换。当他终于把衣服脱下来，陈国秀要拿到池塘里去洗，他才想起荷包里的东西，摸出来一看，早被汗盐沤得发黑,他悄悄扔进了火塘。火塘里亮了一下。只亮了一下,就成了炭。说不定亮的还不是它,而是包它的碎报纸。

如同将一个南瓜砍得稀烂治好了他的病,不听妻子或者说不听鲁凯的安排,让他胖了起来。

为此,他感到满足。

三十

但还不能满足。远远不能。这天,他坐在阶沿下补筲箕,只要抬一抬眼睛,就能望见堆放在张大孃屋基上的草捆。这时节雨水多,草捆用宽大的薄膜盖了。他斤斤计较于第一次打硙那天,吴兴贵不问他的意见,就把草捆往那里扔,而他不发一言,让他扔,不仅让他扔,自己也往那里扔,那天扔了,以后还接着扔,他家的所有草捆,都堆放在那片藤蔓交错灌木丛生的废墟上了。啥都被捂死了,包括那口彩坛。坛里的孩子,尽管已被张大孃埋到了别处,但桂平昌觉得,他(她)始终还在里面,那孩子本来已经死了,死去多年了,现在不得不再死一回。

这都是因为他桂平昌作孽。

桂平昌是这样想的。

顺从和妥协,许多时候不是和善,更不是友善,而是作孽。

他坐不住了,丢开活计,下了院坝。

院坝底下的竹林左侧，是块台地，上面乱草丛生，将乱草拨开，能看到瓦砾、铁钉和碗碴，都被土裹住。这些残存之物，沉默地述说着村落的历史：台地上曾经也有房子，也有住户，但在某个时候，房子毁于风灾、火灾或兵灾。现在，上面立着几根七八米高的木柱，就是各家用来上草树的。

桂平昌先去张大孃的屋基上提来三十捆草，围着木桩砌，每层四捆，层层上叠。这活看上去简单，其实是个技术活，有经验的农民才能干好，砌得再高，都一样粗细，砌成之后，吹再大的风也不垮，勿需遮挡，下再大的雨也只打湿表面，里层不仅沾不了雨水，还能保证适度的通风，因而绝不霉烂。

桂平昌砌到第二层，李成跟他老婆邱菊花过来了。

他们是送邱菊花的弟弟走的。她弟弟今天上午才来，六十大几的人，走了二三十里路，只吃顿饭就回去，照样熊行虎步。不满十五岁的时候，他就是老君山远近闻名的猎人，曾经徒手打死过一头四百斤重的野猪。十八岁那年，他自制火药，把硫黄、硝石和锯末混在碓窝里舂，舂得兴起，就吹口哨。他的口哨吹得实在好，据说能让猛兽发笑，他正是在野猪眯眼大笑时，跳上它的脊背，揪住它肥大的耳朵擂拳头。谁知碓窝里的家伙听了他的口哨也笑，噗！笑了他一脸。笑的颜色应该是红的，但笑过了头，成了黑色。就从那天起，他的脸成了黑脸，烂黑，凡认识他的人，都叫他鬼脸。邱菊花开始听到别人这样叫，是要骂的，但后来她自己也这样叫了——村里人见她割了肉，说：

"又打牙祭了!"

她说:

"我们这牙齿贱,用不着祭。我弟弟来了。"

她有三个弟弟,别人不知道来的是哪一个弟弟,于是又问:

"是老几呀?"

她说:

"老二哪,鬼脸哪。"

"鬼脸"成了鬼脸后,并没停止打猎,一直没停,尽管他的猎枪早被政府收缴。他凭超凡脱俗的嗅觉,在猎物必经之地下窝弓。昨天他套到了一只野山羊,今天给姐姐姐夫送了条山羊腿来。

他们说着话,从台地下面的土路上过去,说话的声音很小,证明那些话很重要。他们能有什么重要的话呢?无非是关于李奎的。"鬼脸"的妻侄儿上个月到李奎服刑的城市包工程去了,看能不能让他去给那监狱领导送笔钱,李奎自己再表现好些,争取减刑。他已经坐了七年牢,如果能减一年半载,很快就可以出来了。除了说李奎,邱菊花还提醒"鬼脸",下窝弓时小心些,野山羊现在受着国家的保护,动它们是犯法的。邱菊花可不想儿子坐了牢,弟弟又去坐牢,她劝二弟别跟村里人发生争执,免得那些"烂屁眼的"去告发。

就这些事重要了。因为重要,几个人聚精会神的,低着头,没注意到上面的桂平昌。十多分钟后,李成和邱菊花回来时才注意到了。那时候桂平昌都砌到第五层了。干这样的活，通常是两人联手，一人砌，一人抛，可桂平昌只有一个人，他砌好一捆，梭下来，提一捆再爬上去。他往上爬的时候，李成抬头看见了他。

李成站住了，问：

"平昌，你在做啥子？"

桂平昌说：

"我在上草树。"

"我晓得你在上草树，我是说，今天才八月二十九呢。"

桂平昌说：

"我晓得是八月二十九。"

李成一时哑了口，停顿片刻说：

"你跟国秀要去贞强那里呀？"

村里有些上了岁数的人，农闲后会去儿女辈或孙子辈打工的地方走走，看望儿孙的同时，也算是出过了远门，见过了世面。

但桂平昌说：

"不去。"

又说：

"哪儿也不去。"

"那你慌啥子？"

桂平昌不答。

邱菊花嘟囔了一声：

"总是鬼撺起来了嘛!"

边嘟囔,边在背后戳李成。李成动了步子。李成的步子牵着邱菊花的步子。一路上,两人叽叽咕咕的。说的很可能就是"鬼撺起来了"。

尽管桂平昌前些日得的那病,除了吴兴贵和陶玉,陈国秀谁也没说,还叫吴兴贵和陶玉也别说——她知道桂平昌不想让人知道他得病,本来连吴兴贵两口子也不想说,但住在一个院子,想瞒也瞒不过,何况她还要请吴兴贵帮忙照看——但凭李成探听消息的兴趣和本领,不可能没捕捉到一点风声。

因此邱菊花的那句话,不是随便嘟囔的。

好在桂平昌没听见。

没过一会儿,夏青从这里路过。她扛着铁锹。她的铁锹也在流汗。铁锹和铁锹流出的汗水,都是深青色,而她脸膛发紫,脚步仓促。但听到响动,她还是停住了。停住时双脚还向前滑了半步,像飞驰的汽车按了急刹。

"噫!"

她惊异地说。

只要离开手上的活,无论见到什么、听到什么,她都是这般惊异。

"平昌爸,要不是看到你上草树,我还忘了日子呢,还以为没到九月十五呢!"

言毕迅速启动,朝家的方向跑。她想到自己家的草树还没上。

桂平昌望着她的背影,大声说:

"本来就没到九月十五。"

不知她听到没有。

然后杨浪过来了。他也满身是汗,显然是从山上回来的。他两手笔直地垂着,站在桂平昌的草树底下,望了两三分钟光景,离开了。那东西认识那么多声音,能学那么多声音,自己却很少发出声音,沉默得像块石头。沉默的人是要想事的,长天白日,他都想些啥呢?如果不想,他又拿什么去把日子填满呢?他分明看见桂平昌上草树,却问都不问一声,是他跟夏青一样,昏头昏脑不省天日吗?这绝不可能,因为在他那里,初一和初二,哪怕天气完全一样,村里人的活动也完全一样,但这两天发出的声音,却绝然不同。他凭声音数日子,比日历还准确。他知道天日,却既不理睬,更不惊诧,让桂平昌多少有些失落。

三一

可以想见，桂平昌上的草树，都被陈国秀扯掉了。陈国秀边扯边骂，既骂桂平昌，也含沙射影地骂别人，意思是你这样把草拿来糟蹋，将来牛不肯吃，你以为人家愿意把草送给你家的牛吃？人家只晓得使你家的牛，不会喂你家的牛，你家的牛不吃你自家的草，就只有饿死，等到开春犁田，你就只有喊天，你喊天天不应，犁不了田，种不下庄稼，你也只能跟牛一样，饿死下场。

陈国秀在持续不断的骂声里，把草捆扯完，送回到张大孃的屋基上，且用薄膜盖了，太阳就快落土。那时桂平昌早就上坡去了。陈国秀扯草和开骂的时候，他就走了。他知道这一切都是必然的，但他无所谓。他自己想做的事，已经做了。

桂平昌没听见她骂，让陈国秀非常窝火。

她把散落在路上的草屑拾干净，上山去捡回半篓子松菌，又喂了猪,把鸡收进屋,桂平昌还没回来。这让她更加窝火。可是牛还没喂水呢,再不喂,天就黑了,于是她去了畜棚,把牛牵出来,朝池塘方向走。

牛渴得危急,出圈门时还能保持风度,靠近池塘,闻到水气,便焦躁起来,炍着蹄子,喷着鼻子,昂首向天,发出苦涩的鸣叫。陈国秀走在它前面,它吐出的每一丝气息,都像火苗子,烧得她痛。皮子痛,心更痛。痛牛。想到牛一年到头为别人付出的辛苦,禁不住又骂,且骂得越发难听。话是对牛说的,说你给人家出了力,卖了命,可人家的草,宁愿用来铺淫窝子,也舍不得给你喂一口!这是老派的骂法。先前,老君山人买不起床垫,都是用稻草铺床,整年才换,换下的旧草霉臭刺鼻,结成一饼,撕都撕不开,投进火里也不燃。

陈国秀一路骂到了池塘边,从地里归来的陶玉听见了,觉得是在骂她,但又不好说什么,只笑笑地问:

"国秀你又在发哪个的气呀?"

她的年龄比陈国秀小,但她随吴兴贵叫。

陈国秀看到陶玉,才觉得自己那样骂,听上去是泛泛的,她自己也以为是泛泛的,现在才明白,她骂的真的就是陶玉。可被陶玉听见了,再被她这么一问,陈国秀又觉得不好意思,收住口,说:

"割猪草啊陶玉?"

如果依桂平昌叫,她该把陶玉叫嫂,可她历来都是直呼其名。不仅是她,村里凡跟吴兴贵平辈的,年龄再小,都不把陶玉叫嫂，都是叫名字。为这件事，陶玉暗中怄过气。这表明千河口人不承认她。不过，陶玉以吴兴贵的歌声为食，悄悄怄几回气，就过去了。

陶玉从池塘上方的田埂和土梯上下来，走到陈国秀身边，陈国秀也才回她的话。

"发哪个的气？"她说，"平昌么！"

她将桂平昌上草树的事，愤愤不平地讲了。

这事陶玉并不知道，她和吴兴贵比陈国秀起得早，没注意到桂平昌上草树，陈国秀发觉并大动干戈的时候，他们已经下地去了。

听了陈国秀的话，陶玉说：

"他怕是记错了日子。"

"屁！我问了他的，我说今天是啥日子，你就上草树？他说今天是八月二十九。我说你既然晓得日子，为啥子还做那拙笨事？他说我想做。——你说怄不怄死人！"

陈国秀怎么也没想到，听了她的话，陶玉哈哈大笑，笑得说不出来的开心，笑得那总是朝一边斜的眼睛，斜到天那边去了。

像她很赏识桂平昌的话。

这女人！

这个身份不明的女人！

这个跟野男人私奔的女人！

这个不要脸的女人！

陈国秀越发瞧不起她了。

陶玉把笑出来的眼泪用手抹了,还带着抑止不住的笑意说:"回去呀。"

"我的牛还要喝水。"陈国秀生硬地回了一声。

其实牛早已喝饱,肚子滚圆,连皮毛里也像有水珠子往外浸。它伸出舌头,舔着自己褐色的嘴唇,舔几下,低了头,捡池塘边的草吃。它不管人间事。

三二

陈国秀在池塘边说的话，桂平昌是听见的。他在后山的林子里齐柴（把砍下的柴禾用弯刀刹齐整，便于打捆），陈国秀的声音那么响，池塘边又很敞阳。妻子的愤怒让他怜悯。一个人动不动就生气，不是喜欢生气，而是心里有焦虑，有恐惧。刚嫁过来时的妻子那么温和，温和的人不焦虑也不恐惧。是他传染给了她。特别是"恐惧"这两个字，一直贯穿着他的生活，从小到大，从大到老。

七月末的那天，他挖麦冬回来，在凉水井歇气的时候，还以为自己过得舒心顺气，甚至相当满足，相当快乐呢。

即使有过那样的满足和快乐，也被随后发现的尸骨夺走了。

整整一个月来，他都在跟那架尸骨搏斗。

搏斗的结果，是他克服了恐惧。

克服的意思，并非他把尸骨斗赢了，而是他不再挣扎，主动承认了。

——承认是他杀死了苟军。

承认之后,他才发现,自己早就想杀死苟军。

早到十九年前的初秋。

那个初秋的某个傍晚,苟军去竹林的界沟左边,砍了三根竹子,三根都是好竹子,粗壮深梢,竿子金黄。那天陈国秀割猪草回来,恰好看见苟军在往外拖。陈国秀认得自家的竹子,就像所有农人都认得自家柴山里的树。但她还是进竹林察看了,出来后说:

"苟军,你怕是砍错了哦。"

苟军咬着腮帮,不回她,拖竹子的动静却更凶狠。

陈国秀说:

"你爸爸立的字据还是温热的呢!"

那时候,苟明成死了不到四十天。

苟军把竹子拖得尖叫。

他已上了院坝,正往院坝中央拖,竹枝在石地上擦刮出乱糟糟的纹路,叶子落了一地。张大孃当时养着一只黄、黑、白相间的花猫,名字就叫花花,花花追着竹枝扑,竹枝戳痛了它的脸,它就放开竹枝,追着纹路扑。它以为竹枝和纹路各自在跑,可当竹枝停下来,纹路也躺着不动。它怪异地愣了片刻,伸出爪子抓纹路,却一抓一个空,便疑惑地偏着头,研究这是怎么回事。

陈国秀在离花花几米远的地方,站了一会儿。

然后地动山摇地走过院坝,进了家门,质问正在滗饭的丈夫:

"你充军去了哇?你是死人哪?人家把你家的竹子都砍光了,你那眼睛遭麻老鹰啄瞎了哇?"

桂平昌蹲在地上,继续滗饭。米汤像白色的布皮,从弇开的罐盖缝里扯出来,在滗饭架下的木盆里还原为汤;带着米香的热气,袅袅蒸腾。可陈国秀质问过后,那香味闻不到了。屋子里只有滗饭时细微的水声。

陈国秀的花篮还背着,镰刀还拿着,她举着镰刀,弯了腰,狠命往铁罐上敲,恨不得把铁罐敲破,一家子都不要煮饭吃,一家子都饿死。

也难怪她生气,类似的事情,已发生过好多回,桂平昌看见了,就像没看见,她说给桂平昌听了,桂平昌也像没听见,如果非要他给个态度,他就说:

"砍几根竹子,你瘦不了,他也肥不了。"

道理听上去不错,但一回二回可以,三回四回也可以,五回六回,甚至回回如此,便是踩着你骗,明摆着欺负你。陈国秀开始不说什么,心里也是想的砍几根竹子无所谓,但道理她认,欺负不认。不讲理不知羞,还打定主意欺负你的人,占你一棵草你也心里发堵。但她还是没说什么,她觉得,既然苟军没有女人,就该由男人去跟他交涉。可自家男人完全靠不住。她忍无可忍,才不得已站出来,去和苟军理论。

然而，只要陈国秀说上一句话，苟军脸上的肉就横着长；说上两句话，苟军的脖子就肿起来；说上三句话，苟军就动手打人。

陈国秀挨打的时候，桂平昌躲在家里，不敢出去，但自家婆娘在杀猪般嚎叫，不出去又不行。他出去不是帮陈国秀打，而是把陈国秀往家里拉。但只要他出现，苟军就连同他一起打。中学毕业过后，苟军没专门练过拳脚，只在桂平昌和陈国秀身上练拳脚。

所以在这个初秋的傍晚，陈国秀骂也好，敲罐子也好，桂平昌都不敢开腔。他听清了，陈国秀只对苟军说了两句话。如果说了第三句，又要挨打。桂平昌怕自己开腔，更加激怒了妻子，她又会跑到外面去，把第三句话说出来。

院子里的人都还在坡上，真打起来，连个劝解的也没有。

其实，每次苟军动粗，别的人都是三两步就溜进自己屋里，只有苟军的父母和张大孃出面劝。苟军的父母站得远远的，劝得淡心无肠，多数时候面子在劝，里子在激——好在他们都死了。真劝的只有张大孃。张大孃已经很老了，老得村里人都不知道她的年龄，好像她的年龄太高，再大的个子，举了头也望不见。可对她本人来说，因为老，却是离天越来越远，离地越来越近，一年到头穿在身上的青布长衫，笼到了脚背；也因为老，她把全村人都看成自己的晚辈，四五十岁的，她也叫"乖儿"。见苟军脸红脖子粗地挥拳头，她以尽量快的步子颠过来，拉住苟军说：

"乖儿呢，你咋个恁大的气性啰。"

这声"乖儿",让苟军从猛兽变成绵羊。

把苟军拉开,她又把桂平昌和陈国秀扶起来,为他们拍身上的灰土,边拍边说:

"乖儿呢,你这里出血了,弄些盐开水,好生洗洗。"

然后她又去干自己的活。

她见的人世太多了,在她眼里,没有什么是大不了的。漫长的光阴是百炼钢,能成绕指柔,也能兵来将挡水来土掩。

每次面对苟军,桂平昌都特别希望有张大孃在。

但张大孃耳朵背,她在屋里就听不见苟军行凶。

何况这个初秋的傍晚,她还在坡上。

大人不在,小孩也没一个。桂平昌的大女秋月,今天上午去外婆家了,二女秋华放学回来,领着刚学会走路的弟弟贞强,去了西边院子,找她的同学玩。往常遇到父母挨打,秋月和秋华只要在家,都会过来帮忙,而且帮得上忙——她们以大人的口气对苟军说话:

"军爸爸,我爸妈又是哪里惹到你了?不要说没惹你,就是惹了,都是隔壁邻舍,何必呢?"

奇怪的是,尽管年龄不大,又是女孩子,但这些话一出口,苟军的拳头变轻了,再挥几下也就停了。或许是那声"军爸爸"起了作用。千河口是杂姓,但相互间舅子老表七姑八姨的牵扯,为他们确立了辈分。

可这天,两个女儿都不在家。

三三

桂平昌怕铁罐被敲破,饭没滗干,便提起来,煨到火塘里去。接着往搭钩上挂了吊锅,从案板里侧的白瓷罐里夹出一颗猪油,准备炒菜。

吊锅下的干松木,烧得油旺,几舌头就把锅舔得透红,猪油扔进去,香味随即闹开。他要炒的是娃娃菜,这是妻子最爱吃的菜。但他不知道,这些生活细节,在此刻的妻子眼里,是多么的无聊,多么的可厌。

陈国秀扔了花篮和镰刀,冲出屋子。冲得太急,被门槛绊了,若不是及时攀住阶沿上的柱头,会直接摔到院坝里。阶沿到院坝,有两米多高的梯坎。

院坝中央,两根竹子齐整整地横躺着,竹梢伸到了院坝之外;苟军还搂住一根在怀里,正用短柄直刀剔枝去叶。

陈国秀几大步过去,抱了一根,就往自家门前拖。

惨叫声是她出门不到十秒钟就响起来的。

若在荒郊野外，谁也不信那是人的惨叫，人怎么会发出那样的叫声？人的嘴唇和鼻子的形状，就不该发出那种薄如刀刃的声音。

桂平昌蹲在火塘边，用铁瓢压住油颗，在红噜噜的铁锅里滋，油不纯，又小，滋出一点很困难，因此他格外用力，以至于把那力用出去就收不回，外面惨叫了三五声，他还在滋。苟军手里有刀，陈国秀是被他杀了吗？

多半是的，因为三五声过后，就没有了声音。

桂平昌的手瘫软了。他丢了铁瓢，双手握住锅绊，将搭钩往上一耸，搭钩折叠，锅升上去。然后他走出去，站在阶沿。他的大半个身体都被柱头遮了，他成为另一根隐形的柱头。也不知是因为火燎还是因为用力，他的脸呈酡色，酡得不均匀，一团一团的酡。

陈国秀并没被杀，她只是被苟军掀翻在地，仰卧着，苟军面向着她，骑坐在她胸脯以下的位置。她的上衣纽扣已崩掉几颗，胸脯上的两团白肉，颤巍巍的露了大半，苟军屁股底下的肚皮，也露出来。陈国秀不胖，但有胖意，因为被压，喘得急促，胸脯和肚皮都一闪一闪的，圆如酒盅的肚脐眼，也嘴唇似的翕动着。苟军的上身微微伏着，两只手悬在陈国秀的奶子上面，就那么悬着，十根弯曲的指拇，像将死的蜈蚣，战栗着，抽搐着。而陈国秀却没像开始那样叫，连吭都没吭一声，她的两只眼睛，喷着怒火，因而亮得贼，亮得可以融化，可以烧毁。

苟军的手终于动了，是左手，伸到他自己的屁股后面去，却看不清具体伸到了什么位置，右手在陈国秀的奶沟上触了一下，随即上移，移得缓慢、犹豫，最终在陈国秀的下巴底下停住，卡住了她的脖子。

陈国秀把眼睛闭了，准备等死的样子。

但苟军只有卡的动作，并没用劲，而且很快又移开了。右手移开后，左手也收回来，两只手一时不知往哪里放好，又像先前那样悬着。

陈国秀始终闭着眼睛，因压得太久，胸脯大起大伏。

这时候秋华回来了。

没看见她人，只听见她笑。笑声顺风吹花一般轻巧。秋华明显是跟弟弟在对着渠沟笑。或许因为父亲的胆小首先是从怕水开始的，两个女儿和只有一岁半的儿子贞强，特别喜欢水。他们从小就抵抗父亲，就知道父亲的不中用。现在的孩子，倒不会去池塘里游泳了，他们嫌脏，池塘里既喂牲口，也洗衣服，包括洗孩子的屎尿片儿。但渠沟里的水是干净的，那是从山上流下来的泉水，从东到西，流过几层院落，西边院子的更西边，有条跟凉水井一样深阔的天然道沟，叫霞沟，泉水就从霞沟流到山下去；只在开春时节，犁田打老荒，才将水截流。泉水源源不断，渠沟终日盈盈，除隆冬时结冰，其余三季，都活泼泼的。秋月和秋华很小的时候，就爱去沟边耍水。贞强也是，见到水就踢脚舞手，哇哇乱叫，发出嘘声，到了沟边，非要蹲下去摸摸，不让他摸，他就哭。

此刻，姐弟俩一定是伏在渠上，弟弟的一个什么动作，惹得姐姐笑了。

听见秋华笑，苟军皱了皱眉头，像是非常痛苦，像是他比被压的人还痛苦。

然后他把屁股抬起来，再站起来，左腿跨过陈国秀的身体。

陈国秀眼睛一睁，慌乱地翻过身，捡起几颗纽扣，才四肢着地撑起来。

她并没立即整理衣衫，只跟苟军面对面站了。

"畜生！"她说。

接着一耳光扇过去。

"啪！"

像装满气体的塑料袋爆了。

苟军摸着脸，摸几下，伸出又宽又软的舌头，舔了舔右手中指，用那根舔湿了的指头又去摸脸。他竟然把那一耳光认了，这是之前从未有过的。他赢一尺，却绝不会亏一寸。可今天，他竟然把那一耳光认了。

陈国秀把纽扣揣进裤兜，将衣衫合拢，往回走。

刚迈步，背后就是一拳，陈国秀扑倒在地。狼就是狼，即使暂时认下那一耳光，到底也要在短时间内加倍还回去。陈国秀扑倒后几乎没做任何停留，自己就爬起来了。她回过头，朝苟军冷笑一声，上了梯坎。

这时候，桂平昌迅速趑进屋去。满屋油烟，呛得人躺。尽管吊锅远离火苗，但火一直在烧，油被烧焦，噼噼啪啪炸。桂平昌从案板上端来筲箕，将半筲箕切成片的娃娃菜倒进去。锅里轰隆一声，吐出火舌。用铁瓢抄几下，火舌收了，而翠白的菜片子，都变成黑色，看上去不是油烧焦了，而是锅烧化了，化掉的铁，把菜裹住了。陈国秀最爱吃的一道菜，就这样毁了。

不过这实在没什么关系，因为谁都吃得很少。秋华是嫌难吃，爸爸不仅把菜炒坏了，煮的饭也有股浓郁郁的烟子味儿，米粒发黄，像得了肝炎。

丢了筷子，陈国秀还怔怔的。

她的衣服已经换过，只是纽扣扣错了位，灯光底下，露出奶子的暗影，她懒得去管，秋华提醒过她，她照样没管。生过三个孩子的妇人，奶子却没有塌，没有吊，也没有黄，鼓胀胀的，隐隐现出淡青色的血管。

秋华开始一直抱着睡过去的弟弟，这时候她把弟弟往母亲怀里一丢，自己去收拾餐桌。

往常，桂平昌不帮忙收拾，也会蹲到灶台后面去，宰明天的猪草，或者把柴捆从阶沿底下抱进柴屹崂里，便于明天起床就能烧，把锄头前前后后检查一下，看楔子松没松，便于明天下地就能用……总之睡觉之前，他不会停，该干的活和不该干的活，他都拿上手。今天却没这样。

他跟陈国秀一样,怔怔的。

秋华都快把碗洗结束,桂平昌才倾了上身,把儿子的头扳了一下,让他睡正。开始他嘴鼻捂在母亲的奶子上,鼻子都捂扁了。

这之后,桂平昌才离开板凳,又跨过另一条板凳,从门背后拿了弯刀,出门去了。

三四

"打死人啰——"

这绝命的呼喊,破空而来,惊动了整个村落。

除了耳朵聋的张大孃,家家都在开门,在问,在说,在跑。

狗也叫起来,满村叫。

呼喊声完全变形,听不出是谁在喊,但毕竟指引了方向。

是在老二房,是老二房外面的竹林里。

那天没有月亮,也没有星星,天一黑,就是真的黑了,黑得一切都消失了,只有呼喊声活着。不知是谁拿来了火把,接着有了更多的火把,举在竹林四周。竹林里亮堂堂的,连一只伏在疖疤上的竹虫,也看得仔细。

是桂平昌在砍苟军家的竹子。苟军是怎么发现的?桂平昌砍第一刀,他就发现了。事实上,桂平昌拿着弯刀走下院坝,他就跟下了院坝。他尾随在桂平昌后面。他的肌肤比黑夜还黑,反而能清晰地看见他，桂平昌倒是隐了形，在黑夜里望过去，以为走下院坝的，只有苟军，没有桂平昌。苟军本来是桂平昌的影子，结果他的影子把他本人变成了影子。

桂平昌的刀砍下去，苟军就从后面锁住了他的喉咙。这一招桂平昌早就见识过，念中学的时候，苟军就这样对同学施展过锁喉功（大概也是何屠户教的），后来也对桂平昌施展过，有好几次桂平昌憋不过气，舌头都掉出来。但这回他并没那样下狠手，他像是在玩儿，锁一小会儿就松开。

桂平昌咳嗽几声，喊出了第一声：

"打死人啰——"

当火把乱明，两人依然站在界沟右侧，桂平昌举起刀，"嚓！"砍下去，苟军随即手肘一拐，锁住他的喉咙，锁一会儿松开，又是咳嗽，又是那声呼喊：

"打死人啰——"

那天夜里，桂平昌砍了十六刀，便呼喊了十六声。

他砍十六刀连一根竹子也没砍断，只在十六根竹子上留下了刀伤。他还想砍第十七刀，可是不能了，苟军夺了他的刀，顺手一抛。外面的火把乱得轰的一声，接着传来一只猫凄哀的鸣叫，哀鸣的同时，白影一闪。这证明不是花花，而是刘志康家养的猫。那时候，刘志康已把妻儿接走，那只白身黑蹄圆头圆脑的公猫，便在村子里流浪。但这夜之后，就再没有谁见过它，看来它伤得不轻，躲到哪里悄悄死去了。

桂平昌手里没刀,砍不成竹子,苟军便慢悠悠转到他正面去,左手将他腮帮一捏,右手伸进他嘴里,抠。桂平昌发出一连串浑浊的声音,每发一声,嘴角都追出一串血泡子……

多年以后,桂平昌回想起来,确定就是在那天夜里,不,更早,在那天傍晚,自己就想杀死苟军。

三五

到今天,当他跟苟军的白骨斗了整整一个月,他才承认:自己不是想杀死苟军,而是确确实实、明明白白、真真切切地把苟军杀了。

杀心起处,苟军在劫难逃。

想杀是在傍晚,真杀是在夜里——那天夜里,桂平昌杀了苟军十六刀,每一刀都尽量往颈子上砍。

开始几刀,没有火把,但弄清苟军的颈子,不需要火把。苟军比他高三公分的样子,他只管朝斜上方砍,就能砍对位置。苟军锁住他的喉咙,反而能让他使出更大的力。窒息的力。斜上方的颈子,呈方形,血管暴凸,粗如竹鞭。苟军的皮是黑的,血管也是黑的,血管里的血,同样是黑的吗?不,桂平昌看见了,是红色,普通的红,平庸的红,毫无特色的红。

只是,那血管咋这么硬啊,他用尽平生力气砍去,才听见咔嚓一声破开，血呛出来，网弹似的扫射着竹丛，使整片竹林动荡不安。歇在枝叶间的鸟，本来准备在窝里安静地蹲一会儿就睡觉，这下不得不重又打开翅膀，飞得太急，又看不清天空，被竹枝折断了好几根羽毛。

鸟刚飞走，火把来了。火把林里，桂平昌看见了妻子。不知是把儿子放到了床上，还是交给了女儿，妻子的怀里是空的，错开的纽扣依然错着，她胸口上像瞪着两只眼睛，惊讶地注视着竹林里的血案。

咔嚓！

桂平昌没看见女儿，那时候，他最想看见的就是女儿，女儿从省事那天起，就知道爸爸胆小，爸爸受欺负，今天他要让女儿看看，爸爸挨苟军的打，是忍让，不是胆小，爸爸也是有血性的男人，不出手不说，一出手，就要收命。尽管没看见，但他相信女儿一定在人群中，女儿又在对苟军说话吗？这回他不要她说，他要自己解决。

咔嚓！

要是大女儿也在就好了，可惜她到外婆家去了。她说的婆家，离外婆家不远，她会不会只是从外婆那里路过一下，就到婆家去，见她的未婚夫？这很难说。但她还小呢，还是个孩子呢！那么小真不该说婆家，这是山里的陋习，丑陋的陋，习俗的习，我桂平昌是读过书的，我桂平昌读书不像苟军读书，苟军读书是狗屎，我是黄金，可是黄金败给了狗屎，黄金要受狗屎的欺负……我既然读过书，就不该让女儿落入陋习里去，但是我没有办法，我生在这里，长在这里，只有服从于这里。可你毕竟那么小，未必也是几天不见那个人，心里就当猫抓？有那么难吗？我跟你们妈，从订婚到结婚，有一年半时间，这一年半里只见过两回，订婚那天见一回，当年春节见一回，不照样没瘦死，照样也活过来了。——就算真有那么难熬，你哪天不可以去，非要今天去？可惜了，真是可惜了！

咔嚓！

……

记忆中，那接下来的几天，桂平昌和陈国秀都在鲁凯那里弄药。桂平昌是治口腔，他口腔里伤痕累累。鲁凯为他用西药疗治。陈国秀是下体出了纰漏，那地方出血，出得不多，隐隐的，若有若无的；若有若无的意思，不是无，是有，表面看，像没有，撕张二女的作业本往那里一擦，又能擦出比尿液更浓也更深的颜色。鲁凯看了看作业纸，觉得看不清，又看了陈国秀的下体，看过后说，那不是下体的问题，是肚子里面的问题。

"你是不是怀了？"鲁凯问。

陈国秀木然地点点头。鲁凯没多言，为她用中药疗治：保胎。这被保住的，就是小儿子贞学。如果没保住，他就是一点血，像墨蚊，被拍死之后，血就是它的全部，连皮肉和骨头也看不见。

口腔伤得再重，有口水滋养，终究好得快，也就是说，桂平昌比陈国秀好得快。桂平昌能自如地咀嚼、吞咽和说话的时候，陈国秀还在吃鲁凯给的药，从早到晚，屋子里闻不到饭菜香，只弥漫着中药的苦香。

桂平昌就记得这些。

可还有一条隐秘的记忆。

这条记忆通向更加真实之境。桂平昌循着这条记忆，找到了他与苟军之间的真实。那就是：他在十九年前那个初秋之夜，就把苟军杀了。苟军没被杀死，也死了大半。他的血喷洒在竹林里，使第二年长出的笋子，又胖又腥。

后来的日子，苟军还在吃饭、放屁、干活、睡觉、打人，但那不过是他的小半条命。他有一个完整的身体，但绝大部分身体只有体，没有命，就像山野间遭雷殛的树，大半枯死，仅在某根枝桠上长着几片绿叶，表明它还活着。

苟军就是以那样的方式活着。

连那样的方式，也维持不了多久，因为桂平昌没有一刻不想彻底杀死他。杀心惨于杀手。往后的苟军，活动着的只是他的鬼魂，他的躯体早成了枯树。他的躯体甚至先于他的父母死去。也就是说，很可能比十九年前那个初秋之夜更早的时候，桂平昌就想杀他。苟明成找桂平昌立字据那天，他和苟军以兄弟相称，成为他深不见底的屈辱。人家欺负了你，你却把人家叫兄弟，还叫得巴心巴肝，生怕人家不认，陈国秀站在门口说了几句难听的话，你还骂她，你以为把陈国秀骂了，苟军就会认下你这个哥。

你这不是把陈国秀当亲人,是把欺负你的人当亲人。这既屈辱又可耻。屈辱和可耻都拜苟军所赐。苟军早就赐给他了,他早就想杀苟军了,苟军早就成了枯树了。

难怪苟明成在无病无灾的时候,就知道自己来日无多。那是儿子在阴曹地府为他通风报信。但苟明成不知道,还多此一举地立什么字据。

这就是整个事件的核心。

至于是在哪一年的哪个时候,让苟军死了个干净,并把他的尸体搬进了凉水井的那个无名洞里,桂平昌怎么也回忆不起来了。年份勉强能回忆起来——那年,桂平昌的小儿子贞学,不是六岁就是七岁——日子却混混沌沌。只能推。推起来也并不困难:是在传说苟军去塞拉利昂之前的几天。

具体日子是记不清了,但肯定就是那几天。

虽记不清具体日子,但他记得整个过程。

三六

正如他曾经想象的那样，在一个月黑风高的夜晚，他做成了这件大事。

那天午后，他下地薅草，从鲁凯屋后路过时，无意间听见鲁凯跟人说：

"不晓得苟军吃了啥子东西，肚子拉得恁凶，我行医也算有些年头了，从没见过人的肚子会拉成那样，全是白沫沫，没有臭气，倒是有股油腥气，像肠子里面的货早拉空了，只能拉肠壁上的油。"

鲁凯屋后的路，跟他的房顶齐平，房顶正中的烟囱口，冒着轻淡的残烟，鲁凯的话也像残烟一样缥缈。但在桂平昌听来，却是实打实的。他这才经意，今天确实没见苟军出动，苟军很可能去鲁凯那里弄了药，就回去躺下了。

傍晚时分，桂平昌磨了弯刀。怕陈国秀起疑心，磨刀之前，他说：

"我明儿早上去把桑树坪那几棵树剔了，树桠子把地都遮完了。"

随后他把弯刀拿上手，胡乱察看一下，很不高兴地问：

"你借给谁使过了？"

事有凑巧，桂平昌下地期间，陈国秀果真借给张大孃使过。张大孃那么老，可除了打老荒的活不干，啥活都干，她和村里人唯一的区别，是她天擦黑就睡，夜晚深长，中途醒了，起来做些家务，又睡。她来找陈国秀借弯刀，最多半个钟头就还了回来，陈国秀没在意，随手往门槛底下一扔。他们家的很多东西，破鞋烂袜，弯刀斧头，都是堆在傍墙的门槛底下的。这时候桂平昌咕哝着说：

"那老婆婆怕是去剿烂箱烂柜，碰到了钉子，刀口都砍缺了。"

他从水缸里舀了半盆水，在火儿石上磨。他把火儿石磨平了一块，两个膀子像灌了两斤醋，才停下来，又将它扔回门槛底下。

该吃夜饭的时候吃夜饭，该睡觉的时候睡觉。但桂平昌躺在床上，不敢闭眼，他怕眼睛一闭，就睡过去了。天亮了就不好办了。他听见陈国秀睡了，孩子们睡了，整个院子，整个村子，都睡了。只有夜虫精神，夜虫在屋后的阳沟里，像吵架那样嚷。桂平昌听着它们嚷，觉得比吴兴贵唱歌好听多了。但这院子里的某个人,过了今晚就听不成了。然后是鸡叫。鸡叫声是把尺子,丈量着夜晚的深度。一尺。两尺。一丈。两丈。有些夜晚深不可测,有些是十丈,有些则只有五丈,甚至四丈、三丈,比如今夜。

不能再等了。

他悄无声息地起了床,从卧房到了伙房,摸到门槛底下的弯刀,启开了门栓。

千河口忽燥忽湿,家家户户的门都有个毛病,打开时要叫,"咕——嘎——",苟明成那么好的手艺,给自家做的门同样叫。遇到下雪的清早,听这声音是温暖的,睡了一个漫漫长夜,把身上的骨头都睡痛了,突然听见谁家开门,就知道夜晚过去了,白昼降临了。鸡听到开门声,立即从柴窝里走出来,站定了,奋力抖毛,抖得自己打趔趄;将一身乱毛抖顺,再往门槛上飞,母鸡忙于越过门槛,去硬土或石梯上颠来倒去鏾嘴壳子,把嘴壳子鏾得闪闪发亮,雄鸡则站在门槛上,抻长脖子高声啼鸣。正在起床还没走出卧房的人们,听那啼鸣声比晨光更明朗,也更清寒,就知道外面是一天大雪。这样的日子,理所当然地不必上坡去,因而在白昼赐予的安稳里,又添了一层免除劳苦的闲适。生活因此变得无限美好。

但桂平昌这天开门时,既不是清早,也没有下雪。

所以他不要那响声。

睡觉前他就做了手脚,往门轴上抹了菜油,还垫了少许棉花。

门很争气，跟他一样，悄无声息。

然后他走出去，比猫步更轻。他径直走到了苟军的偏厦里。自从父母死后，苟军就跟杨浪一样，不养猪牛，偏厦里安静得很，连茅厕里的臭气也不再活跃。茅厕在偏厦的南面，傍着空猪圈。桂平昌一步一探，探到他认为恰当的位置。长方形的茅厕用木板盖了，只留了一条宽不足尺的缝。他在盖板上，斜身站了，左手扶猪圈栏，右手握刀，紧紧地握着。这样便于苟军来茅厕拉肚子的时候，能即刻下手，一刀毙命。

在闪念的工夫里，桂平昌把一切都想好了。他想的是：苟军吃了鲁凯的药，很可能就不再拉了，就会一觉睡到大天亮，如果是这样，那就算了。尽管鲁凯的药厉害，但既然苟军拉得那么凶，连鲁凯都没见识过，他吃了药，多半要继续拉，可要是他提了便桶进屋，他把便桶放在床头，想拉的时候，屁股一撅就拉了，连床都不用下，如果是这样，那就算了。猪牛清空过后，苟军的偏厦就没装电灯，但如果他心血来潮，最近偏偏装了，他在床头一拉灯绳——山里人家，电灯开关往往齐聚卧房，并不是为了起夜方便（去偏厦里上自家茅厕，谁都不需要灯光），而是前些年为处理突发事件养成的习惯，那些年，老有强盗钻屋，偷粮食，偷猪牛——偏厦里亮了，那就算了，他也就跑了。跑是容易的，偏厦里侧，傍山墙有条排水沟，这条沟直通张大孃屋后，从那屋后下去，就是通向池塘的小路，往那路上一跑，便像什么事也没有发生。

此外桂平昌还想到：他从站定下来就数数，不紧不慢地数，数到五百下，在这五百下内，苟军来上茅厕，是合该他命绝，数完五百还不见动静，那也就算了。

真是苟军该死，桂平昌数到三百零七下，便听见他跐着鞋子的脚步声。

他没开灯，连卧房的灯也没开。

他的脚步声、开门声，都响在黑暗深处。

但桂平昌不仅能够听到他，还能够看见他。

因为苟军比黑夜还黑。

处理起来比想象的简单多了，桂平昌的刀完全是白磨了。他根本没用刀刃，只用刀背，就把他解决了。幸亏是这样简单，因为他开始握刀的时候，就握反了。苟军哼都没哼一声。他是朝颈子劈去的，没有血溅出来，才明白自己把刀握反了。他感觉刀背在绷紧的绳索上深深地陷了一下，然后弹回来。

只这一下，苟军就倒了。

连哼都没哼一声。

他这么容易死，自己为什么要一直怕他呀！

但桂平昌还不能把心搁进肚子里。

他蹲下去，放了刀，去探苟军的鼻息。或许是有夜风的缘故，或许是夜风的温度跟鼻息的温度接近的缘故，探不出什么来。正因为探不出来，他才更不放心，才两只手伸过去，握住了苟军的脖子。粗壮得差点握不住，浑身的力都调集到手上，像也摁不出一个坑儿。但桂平昌能感觉到苟军脖子上的热度。这是世间最可怕的热，最危险的热，最应该消灭的热。

他照心意而行，咯吱咯吱，把那热消灭了。

然后他坐下来，就坐在茅厕盖板上。

苟军，不，苟军的尸体，蜷曲在他身边，像他俩是多年的兄弟，正作彻夜长谈。立字据那天称兄道弟，那是假的，现在是真正的兄弟了。苟军现在这副依恋他的样子，是真正把他当哥了。这时候，桂平昌很想抽烟，但他知道不能抽。他吞了一泡冰凉的口水，手猛地伸出去。刚伸出去又缩回来。缩回来后，才明白自己是想去摸摸苟军。迟疑良久，还是摸了。首先摸到的，是手臂，那手臂糙如皮革。顺着这条皮革，一路朝下，摸到了手指，手指也是蜷起来的，拎着裤头。裤头已褪到屁股以下，看来他是边跑边褪，好在蹲下去的瞬间，就能顺顺畅畅地山崩地裂。

桂平昌拈住苟军的一根手指，扭了一下，没问题，还能扭动。整个身体都能扭动。他跪起来，把苟军的手从裤头上拿开，将他身体拉直。

茅厕盖板成了苟军的停尸板，这有些寒碜，但也只能将就了。桂平昌要做的，是把裤子为他扯起来，否则就寒碜过头了。

扯裤子的时候，他碰到了苟军的屁股。那是两扇肥大的屁股，肉乎乎的，又圆又鼓。这两扇屁股曾经骑在陈国秀的白肚皮上，让陈国秀呼吸急促……

桂平昌又把刀拿上了手。

但想想已经没有意义了。再劈他两刀，也就那么回事了。再说他不应该对死人下手。他的当务之急，是把死人藏起来。凉水井那个别人都不知晓的洞子，是桂平昌早就发现的，说他是专门去找到的也行。那个洞子就是为苟军准备的。自从桂平昌发现了它，它就天天等着苟军，等得都不耐烦了。很可能，自从有了那个洞子，它就肩负着等待苟军的使命，等了千千万万年了。

三七

"来,我背你。"桂平昌对苟军说。

苟军没回答,看来是同意了。

桂平昌把苟军捞到背上,苟军的头朝前一挓,把桂平昌的后脑撞得砰的一声。

"你把我撞痛了。"桂平昌对苟军说。

苟军没回答。看来他自己也被撞痛了,无暇他顾。

"我日你先人,你咋这么沉啊。"桂平昌对苟军说。

苟军没回答。看来他自己也觉得自己沉。他的魂跑了,魂是人的翅膀,没有魂,就只能下坠,怎能不沉。

桂平昌背着苟军,走过院坝,接着下梯坎。背一个比自己高的人下梯坎,总担心后者的脚撑着地面,将背的人顶翻。桂平昌转过身,退着走,小心得让心长到了脚上。下了梯坎,横插过去,不一会儿就出了村落。走出村落,桂平昌就不停地跟苟军说话。在偏厦里说那几声，是悄悄说的，现在是大声说。他喘着粗气，话说得断断续续，但并不影响表达。他是这样说的：

"苟军，我俩的生日只差二十七天，这么多年来，我算来算去，觉得我桂平昌唯一对不起你的地方，就是比你先看二十七天的世景。可这也不该是你欺负我的理由，谁先谁后，由不得我做主，也由不得你做主。先来世间又怎样呢？你也知道，我家里穷，我爸妈刚结婚，爸爸就去百多里外修公路，修了四十二天回来，左手包着纱布，拆了纱布，五根指拇就伸不开了，成了个'斗斗'，上面说他是自己不小心被二锤砸了，不给发残疾证，回来照常出工，按小男妇女记工分，还说这是照顾；工分挣得少，粮食就分得少，周年四季，一家人都饿得黄皮寡瘦。我出生后，妈没奶给我吃，把奶子挤成两张皮，挤得发乌，挤得出血，就是挤不出奶。这些事情你后来都知道了。我比你早生二十七天，是早受了二十七天的苦。"

他又说：

"而你没受苦。你，苟军，没受苦。虽说那时候大家都穷，可你爸是木匠，你爸为人家做了事，能讨到饭吃，就为家里节约了粮食。你们一家子，没怎么挨过饿。你还能吃到肉。你爸在别人家吃肉，都拈出几片，用草纸或菜叶子包了，给你揣回来。你还记得当年收谷子的时候，我们在院子里藏猫吗？为啥我老是跟你钻进同一个草洞？不是我俩都碰巧相中了那个草洞，我是故意的。我总是看你先进去了，自己再跟进去。你知道这是为啥么?——我喜欢凑近你的嘴巴,闻你!你隔些日子就能吃到肉,呼出的气也有股肉味儿,我闻着那肉味儿,就当是自己也吃了肉了。这事你以前不知道,今天我告诉你。"

他又说:

"当然那是上小学之前的事情。上小学过后,我们少于来往,那是你不跟我来往。人长到七八岁,就知晓了贫富,你嫌我们家穷。刚发蒙那段时间,我每天上学都去叫你,可有好几天,我去叫你的时候你都走了,证明你不想跟我一块儿走。既然这样,我就不叫你了……"

他又说:

"我胆小,我死要面子,这些我都承认。越被看不起,我越要面子,这些我也承认。但我要面子是我的事,并不会伤害到你。我从没伤害过你。在普光中学读书那阵,你的衣服鞋子枕头被同学扔进臭水沟,我开始确实有那么一点点高兴,这些我同样承认。可是高兴一下,我心里就不舒服,就很难过。毕竟我俩是同一个村的,还几辈人住在同一个院子里,俗话说千年修得同船渡,同院住上几辈人,那要修多少年的缘分?说十万年太少,说百万年也不多。所以我为你难过。我高兴那一下,就像灯泡亮一下就断了钨丝,那简直就不叫高兴。那高兴也成了难过。我就是这样待你的。我没有对不住你。"

他又说:

"可是你呢,却不停地伤害我,你恨不得把我踩在脚下,往我嘴里屙尿。你自己想想,我这样说有没有冤枉你!同学们收拾你的时候,我没阻拦,这是事实,但你想过没有,同学们为啥子收拾你?这些事情你要想才行,想清楚了,你就不会觉得委屈。你总不能先给人家碗里屙泡尿,人家把屎扣进你碗里,你就觉得委屈。照你这么说来,日本侵略中国,中国把日本打败了,日本也该觉得委屈。何况你还没败呢!你记不记得那个叫覃有富的同学?你怀疑你的枕头是他放进臭水沟泡过的,两拳把覃有富打得流鼻血,眉骨上吊起一坨乌青,还把他的铺盖枕头衣服裤子,全部扔进了臭水沟,你记不记得?"

他又说:

"你没娃,这不是我的错;孙月芹跑了,去跟别人生了娃,同样不是我的错……这些话我不说了,那该是你的伤心事,我不说了。我想说的是,孙月芹比陈国秀长得好看,你后来结的那个过婚嫂,是叫啥子霞吧,我都忘记她的名字了,那女人是个苦命人,本来就不爱说话,儿子死后又成了大半个疯子,疯一阵就跑不见了,像雪化成水,山里山外没个下落,谁还记得她的名字?我猜连你也忘了。——我的意思是说,孙月芹比陈国秀长得好看,那个啥子霞,也比陈国秀长得好看,但是,我桂平昌从没把屁股骑在她们的肚皮上,还把手往她们的奶子上碰。那种事我想都没想过。我向老天爷赌咒发誓,我想都没想过。老天爷你听,东轩县普光镇千河口村的桂平昌,向你老人家赌咒发誓:我刚才说的那种下作事,我不仅不会做,连想都没想过。如果我桂平昌说了假话,你老人家现在就放一个雷下来,把我劈死!"

他又说：

"老天爷不放雷，他老人家知道我的清白。我清清白白地对待别人，也清清白白地对待你苟军。我清白，但是我不明白，我不明白的是：我究竟是哪一点得罪了你，哪一点触犯了你，哪一点冲撞了你，你要那样欺负我？……"

桂平昌说着这些话，背着苟军，捋着黑暗，一路到了凉水井。

三八

他把苟军或者说苟军的尸体,在歇凉石上放下来。他知道得抓紧时间,但是太累了,得歇一歇。刚把重物卸下,他脑子里就轰隆一声,浑身是麻酥酥的轻,轻得像个吹足了的气球。他下意识地抠紧了脚趾,生怕自己飞起来,更怕飞起来后的坠落。要是落到歇凉石底下,就完蛋了。那底下可是悬垂的大沟。

于是他坐下了。就坐在苟军的头边。看不见是苟军的头,他是摸出来的。天地黑得浓稠,黑得遒劲,他是怎样走过来的?一路上,他连一颗石子儿也没踢到过。哪里有颗石子儿,哪里有个小坑儿,他一清二楚。几十年的光阴,积聚成光,有了这种光,不需要天光,也不需要灯光,就能让他看见。

他爱这片让他把光阴积聚成光的土地!

远处有萤火虫,忽上忽下,闪闪烁烁。其实并不远,就在青冈林外围,傍着歇凉石边缘,他愿意伸手去抓的话,手伸长些,说不定就能抓到。黑夜让一切变得很长，也让一切变得很短。可是为什么要去抓呢？萤火虫又没惹你。它们照不透黑夜，只让别人看见它们，它们再看见自己的路。

萤火虫有路，他呢？

路这个字，足字旁边一个各，是不是就能各走各的路呢？

不能。从来就不能。

"大路朝天，各走半边。"这是俗语。说的虽是各走各的路，却也是在同一条路上。有的人能一直走下去，有的人走着走着，就走成了断头路。

断头路就是没有路。

想到这里，桂平昌的心里，浸润着充盈的悲哀。

活了大半辈子，他从未想过会迎来今天这个夜晚，从未想过与死亡如此靠近。这不是说他没见过死亡。他见过的死亡还少吗？父母亲死的时候，他都守在床头，亲耳听到了他们喉咙里发出的响声。那声响是关闭了一扇门，门外是生，门里是死。如果死亡是能够看见的，他就亲眼目睹了父母亲死亡的过程。张大孃死的时候，他不知道，千河口谁都不知道，死的前三天，她穿着寿衣，坐在堂屋正中一张靠背椅上，面前放着个瓷盆，她捏着纸钱，一串一串的，放进瓷盆里烧。她在为自己烧纸。她觉得她要死了。她怕自己一个孤老婆婆，死了没人为她烧纸，去了阴间，短了买路钱，惹恼了冥官。当时陈国秀割猪草回来，从她门前过，是看见的，但陈国秀既不诧异，也没问一声——张大孃为自己烧纸烧了七八年了！至于烧了多少回，没法说清。每回烧了纸，她都精精神神地活着。但这回真的死了。烧过纸，她闭了双扇大门，没再出来。门关了整整一天，陈国秀才惊觉，说：

"噫，未必张大孃老了？"

言毕就朝张大孃的屋子奔。

门闭着，但没上栓，陈国秀一推就推开了。

嘎吱吱的门响还没传进院坝，桂平昌也奔了过去。

椅子上没有人，只有椅子面前瓷盆里黑乎乎的纸灰。

张大孃躺在床上。她是躺到床上去死的。

床上很整洁。张大孃齐展展平躺着的遗体，让那种整洁添了庄严，并因为整洁和庄严而显得特别干净，干净得不像遗体。但再干净，也要"抹汗"，就是把死者身上洗洗，让他们体体面面去到另一个世界。按理，应该把死者的衣服脱下来，用热帕子仔细擦，但张大孃已经僵硬了，寿衣熨熨帖帖裹在身上，成了她身体的一部分，这样一具遗体，哪怕不脱，只掀开衣服象征性地擦一下，也像坏了那种庄严。陈国秀就说不用抹汗，张大孃自己肯定抹过了。

棺木是早就割好的，就放在卧房里。棺木是死者的房子，张大孃早就请苟明成修好了自己死后的房子。有了房子，就有了心安，听说城里人为间房子没日没夜地拼命，也没日没夜地愁苦，乡里人不必，乡里人知道人住不了多大地方，更不会把房子炒来炒去，几角钱的白菜叶，炒几下，就炒成了青丝熬成白发也买不起的黄金叶。张大孃死后的房子是柏木做的，或许是光线的缘故，也可能是跟大床对比的缘故，那柏木房子上面尽管盖着草席，还是小得像个孩子，很羞涩的样子，但张大孃是个比它更小的小老太婆，完全够住，它用不着羞涩。

该准备的行李，张大孃都准备好了，现在是为她装殓，请阴阳先生来做两天道场，送她的魂魄上路，然后把她的躯体弄上坡去，入土为安。

张大孃没有儿女，没有亲人，是桂平昌为她摔的孝盆。

就说苟明成死过后，不也是桂平昌去为他抹的汗，然后又抬了棺吗？

他见过的死亡还少吗？

着实不少。可是以前所有的死，都是死神让他们死的。

身边的这个尸体，却是他让他死的。

他创造了这个人的死亡。

他是一个凡人，一个卑微的凡人，一个低到土里的凡人，哪有资格创造死亡？

创造别人的死亡，也就创造了自己的死亡。

他把自己的路走成断头路了。

原本他不是这样想的，他以为创造这个人的死亡能够拯救自己，结果却是更深的陷落。深到深谷里，深到深渊里，深到不可救药。

三九

萤火虫不见了,夜风起来了。

看不见风的方向,但桂平昌感觉到,他的左脸被拍打一会儿,右脸又被拍打。是不是风向左边吹过去,遇到断头路,又向右边吹过来?风也比我聪明,桂平昌心想。断头路并不是就没有路。断头路还为你留着一条路,就是向回走的路。不能把尸体变成活人,但可以把尸体掩藏起来,就像从没有过这具尸体。

他本来就是来干这件事的。

不能再耽搁了,天亮了就麻烦了。

即使天亮不了那么快,尸体变硬了也不好办。

摸一摸,还是软的。但这时候不叫软,而叫松弛。他像被那种松弛吓了一跳,噌的一声弹起来。弹起来时转了个方向,风扑进他的鼻孔,让他闻到了浓烈的屎臭味儿。就是从尸身上发出来的。很可能,在死的瞬间,苟军就拉了肚子,可走那么远的路,他竟没有闻到。这时候让他闻到,是什么意思呢?人死了,屎却不死,是要向我示威吗?是要表明你欺负不死我,也要臭死我吗?

桂平昌冷笑了一声。

冷笑这一声给了他力量。

他蹲下身,再次把尸体往身上捞。

但这回不是背,而是扛。

目的地就是那个洞子。

小心是不必说的,比下院坝时更加小心,他既怕自己摔了,也怕尸体摔了。摔了自己,痛还是其次,主要是担心陈国秀和村里人问起来,不好解释;摔了尸体就太不地道了,死者为大,宁愿摔自己也不摔尸体。他右手把尸体扣住,左手摸索着,朝乱石上撑。浓得化不开的黑暗,被戳开形状怪异的窟窿。

站到离洞子最近的石头上,他发现高度根本不够。

"我日你……"

他没把最后一个字骂出来,因为他这时候是骂自己。骂自己准备不足。有个木架就好了,可以将尸体横在架子上,他先爬上去,再往上拉。但没有木架,临时做又不允许。时间不允许,加上没带刀来。

无奈之下,他只好借助双手,将尸体平举。

往后的日子里,桂平昌总是含含糊糊地想到那个场景,每次想到,都感觉双臂发颤。可他竟神奇般地举起来了。不仅如此,还顺利地让尸头分开乱草,钻了进去。他简直怀疑不是他把尸体一截儿一截儿送进去的,而是尸体自己爬进去的,一直爬到傍着山壁的地方。

然后他回了村。

脚在院坝里一踩,地面便溅起熹微的晨光。他站在石磙旁,眼睛摸索着竹林左侧的小路,看见台地下面有个黑影闪过。那是杨浪,他出门听声音去了。每天的起始,他都喜欢去村子的东端听声音。村子东端就是鞍子寺小学。那学校当年还很兴旺的,老君山几个村的孩子都来这里读书,到而今早已废弃,拱门上"普光镇鞍子寺小学"几个字,都昏了,校舍也塌了,操坝和教室里面,野草深密,獴子和山鸡,在教室打洞,在草里做窝。杨浪每天清晨去那里听,学校兴旺时去,荒败后照样去。但听学校之前,也就是黎明之前,他要先听村子。

他已经从东边院子听到了西边院子,现在从西边院子过来,又朝东边走。桂平昌给杨浪打招呼。他从不给杨浪打招呼,但这时候他问了一声:

"那东西,这么早去哪儿?"

黑影站住了,说:

"你比我起得还早呢。"

他吓得冷汗直冒。幸好杨浪又补了一句:

"你还是没我早,我走过了几层院子,你还没走出院坝。"

他连忙说:

"就是嘛,你比狗都起得早,千河口哪个敢跟你那东西比?"

杨浪仿佛嘻嘻笑了两声，走了。

桂平昌迅速窜进了苟军的屋子。

他去找苟军的锁。

屋里比没有晨光时还黑，但他既不敢拉灯，也不敢划火柴，只能摸。还是那回苟明成请他喝酒，要跟他签字据的时候，他看到过苟家放锁的位置，是挂在筷子篼旁边一颗钉子上的。他径直走向那面墙，两手并用，在墙上游泳。锁跑到了他手里，他跑向门外，将苟军的门扣严，再将弹夹似的铁锁挂上去，两头轻轻一按，锁针应答似的响了一声，合上了。钥匙本就插在锁眼里，这时候从锁眼滑出来。他揣进荷包，但马上感觉到，这东西不能躺在他的荷包里。他再次走向苟军的偏厦，往排水沟上面的山壁上爬，这是齐崂坎，不好爬，但跟凉水井那个洞子旁边一样，在手能够着的地方，长着一棵树，凉水井是松树，这里是桃树，他抓住树身，翻上去。一条若有若无的茅草路，通向苟家的祖坟，他沿路上行，离坟林还有七八米，攥钥匙的手便划了个半圆。

天光脆弱，一碰就碎，直到钥匙飞出老远，他才看见，钥匙在那棵脱了皮就没再长皮、不知死去多少年的桉树上，轻轻荡了一下，随即掉落。是掉在埋那个小人儿的坟上了。他不是故意朝那里扔的，却偏偏掉在了那里，冥冥中是不是想说，现在苟军死了，那个跟苟军没有血缘的小人儿，就该掌管那把钥匙？

下来比上去还难。如果苟军不用柴草杂物堵了巷子，哪有这么难。苟军不仅堵了院里人和村里人去后山的路，也堵了自己上祖坟的路，难怪他进不了祖坟。

四十

当桂平昌在床上躺下来，陈国秀含混地嗡了一声，说：

"你走个茅厕咋走这么久？"

看来，他起床的时候，陈国秀是意识到的，只是马上又睡过去了。她只知道时间久，并不清楚久到两个多钟头。

桂平昌说：

"我肚子有点不好。"

又说：

"不然都没必要睡上来了，天都差不多亮了。"

"那就再睡会儿吧。"陈国秀说。

在桂平昌听来，陈国秀的话如同梦呓，很快远了，淡了。他像躺在荒原上，冷，从头冷到脚。他控制着不磕牙齿，控制不住，就把被单扯到鼻子以下，用嘴咬住一角。与此同时，他已进入回忆——根根梢梢地回忆着整个过程。

回忆起来比做起来真实万分。他觉得每个地方都是漏洞，但仔细想想，似乎又没有一个真正的漏洞。比如半夜弄出的响声，就有被怀疑的可能，但事实上不可能，因为那点响声实在算不了啥，山村夜里，随时都会有响声，风吹，树倒，畜生打架，野兽出猎，神鬼巡视，还有刚断气的远方亲戚把魂放出来，收走自己生前的脚迹，都会弄出响声。再比如，苟军不声不响锁了房门，再不见把门打开，难道就没人过问？确实没人，父母死后，苟军就不再跟任何亲戚来往，他又没什么朋友。从某种角度说，他跟杨浪差不多，甚至比杨浪还不如，杨浪在的时候，没人理他，但如果他消失了，大家一定会问起他，说起他，苟军呢，在时是在时的样子，不在了，也就当没他这个人……

把这些事情想清楚了，桂平昌不觉得冷了。

可他突然又像触了电，眼冒金星。他觉得自己没把弯刀收回来。其实是收回来的，往门槛底下放的时候，他怕弄出动静，蹲得太低，又蹲得太猛，左腿在竖着的斧柄上戳了一下，现在还痛。摸摸那地方，确实痛。可他就是觉得没收，于是又从扔了钥匙过后回忆：他抓住桃树，梭下塄坎，暗黑中，前方躺着一弯弧形的白光，那就是弯刀。他差点忘了他的弯刀。他连忙勾了腰，拾起来，同时将有些错位的盖板，用脚推了一下，推不动，又把弯刀插进缝隙里拗，才拗动了。

尽管细节丰富，步步清晰，但桂平昌总是放不下心，干脆起床。

见他起床，陈国秀也起床。

从时间上说，是很正常的起床。

桂平昌抢在陈国秀前面，进了伙房，首先就朝门槛底下看。

弯刀在那里，千真万确在那里。弯刀杀了人，又熬了夜，像是疲惫得不行的样子，沉睡在灰扑扑的破鞋烂袜之间。

但它还不能休息，它还得跟桂平昌一起，去桑树坪剔树。桂平昌昨天磨刀的时候，就说过要去剔树。

往后的两三天，如果桂平昌浑身长耳，所有耳朵都只听一个人的名字：苟军的名字。没有谁提到这个名字。如果桂平昌浑身长眼，所有眼睛都只盯一个地方：苟军的偏厦。他担心那里会留下形迹。他和苟军的脚印，他对苟军的拖动，还有他在排水沟的上下。只要去察看，一个小孩子也能看出名堂。

但没有谁去察看，除了桂平昌自己。

他趁院坝里没人时，故意把自家的鸡撵到那边，然后惊惊乍乍地去找。茅厕周围，看不出任何印迹，那都是千年老土，又硬又黑又脏。茅厕盖板仿佛擦得亮些了，但谁又知道它以前有多暗？不过排水沟旁有明显的脚印，塝坎上那棵桃树下，草也明显被踩踏过。他回头看了看院坝，看见吴兴贵正走出来，站在房檐下望天，他使劲跺了下脚，做出自己刚从上面跳下来的样子，再吆着鸡出了偏厦，出来后对吴兴贵说：

"这些背时东西，飞到那边塝坎上去了！"

吴兴贵望了一眼苟军的门，见挂着锁，才笑着说：

"要是苟军在,你又可以吃鸡肉了。"

苟军的门锁了三天,吴兴贵竟然不知道。院子里别的人,多半也不知道。

桂平昌安稳了许多。那里的草被踩过,那里留下了他的脚印,即使有人去察看,也可以解释了,没有什么事了。

四一

第四天是个赶场天,陈国秀要照顾正出水痘的小儿子,桂平昌独自背了洋芋去街上卖,卖了洋芋过来,他蹲在街口兽防站的廊道里歇气,抽烟,准备抽完那袋烟就回转。

刚抽两口,就进来几个人,高声大气地摆龙门阵。

其中一个三十来岁的妇人说:

"前一场,镇上来了几个招工的,说是招涉外工,去塞拉利昂搞建修,每月能拿到一万二,可听说塞拉利昂远得死人;远倒不怕,可还听说塞拉利昂根本就不属中国管,哪个舅子敢去呀?"

另一个跟那妇人年龄相仿的男人说:

"那些龟儿子,多半是骗子,说是让你去拿高工资,其实是骗你去当黑工,把你关进黑砖窑,黑煤矿,黑石场,凶神恶煞的打手看守着,每天给你一点吊命饭,逼你当牛做马,病了,残了,把你榨成半人半鬼了,一棒子打死了事。"

这时候桂平昌起了身,凑到几个陌生人身边,说:

"前一场那些来招工的,听说招到几个呢,我晓得千河口有个叫苟军的就去了。"

说完这句,他像突然想起还有什么事情没办,将搁在旁边的花篮一提,急匆匆又朝街上去了。其实他是从兽防站背后的小路插过去,走上了回家的路。

他回家大约两个钟头,李成跟邱菊花踏着黄昏回来了。李成屋都没进,先就来到老二房,走进院子第一眼,就狠命地盯向苟军的房门,然后蹲到院坝边的石磙上去,跟几个正做事的人,还有出来和他打招呼的人,扯闲篇,本是些平常不过的话,他却说得充满玄机。这是他有消息要发布了。每次探听到小道消息,发布之前他都是这样子:招招摇摇、底气丰沛的样子。对此,所有人都看得出来,但对他的那些消息,感兴趣的不多,也就懒得主动问起,每次都是他自己憋不住——今天更憋不住,因为这消息实在太重大了。

也正因为重大,他不想直截了当,否则就让那消息太掉价了。

他再次盯了下苟军的房门,说:

"苟军在忙啥子,天黑了还不归屋?"

桂平昌正扫阶沿,听李成这样说,把腰勾得更低,头埋得更低,双手握住扫柄,用力扫一泡干了的鸡屎。陶玉正筛绿豆,筛子在她怀里转得溜圆,豆壳朝圆心汇聚,她把汇聚起来的一小堆

儿抓出来,接过李成的话说:

"噫,苟军好像有几天没见呢,听说他肚子拉得不行,是不是到镇上住院去了哦。"

吴兴贵又接过话:

"听鲁凯那意思,怕是镇上也治不好,可能到县医院去了。"

李成胸有成竹地等他们说。可陶玉说了,吴兴贵说了,就没人说。李成便挨个问,先问张大孃,问了两声,张大孃也没听清,李成气得脸一掉,接着问陈国秀。陈国秀在摇风车,这两天停电,米吃完了,没法用打米机打,她就像杨浪那样用碓窝舂,舂出来再用风车去糠,粗糠已车干净,只剩细糠,细糠在车叶子的吹拂下,粉尘般飞舞,陈国秀斜着的脸,在粉尘里荡漾,如在水中荡漾,也如在火光中荡漾。

"晓球他的哟……"她的声音却一点也不荡漾,字字坚实,"总是死了么!"

这话谁都听见了,桂平昌也听见了。

桂平昌完全忘记了李成到老二房来,肯定是有消息发布。李成走进院子,开口说话的时候,桂平昌就跟别人一样,知道他是来干什么的,他例外地对李成即将说出却还没有说出的话,怀着浓厚的兴趣——既期待,又害怕。但他只能装得如同平日,不去主动打听。谁知李成却没有消息发布,而是审讯一般,问起了苟军的去向。就连陶玉和吴兴贵都知道为他遮掩(桂平昌是这样想的),陈国秀却要出卖他(桂平昌是这样想的)。她是他的亲人,不爱他护他也就罢了,还要出卖他!恍惚间,桂平昌的心里,又浮现出苟明成主持签字据那天的景象。那天他把欺负自己一家的人当成亲人,是不是对陈国秀的出卖?

"可我那样做,也是为她好……"他无声地为自己辩解。

而正在这时候,陈国秀又说:

"好几天都不见人,不晓得死到哪里去了!"

桂平昌明显感觉膝盖闪了一下,闪得很厉害,差点坐了下去。

胸口也被堵住了。

而陈国秀咒苟军死,在别人听来却正常得很,因此除了桂平昌,没人在意。

李成终于耐不住性子,把桂平昌跳过,大声宣布:

"苟军到塞拉利昂去了!"

桂平昌又能够站立,也能够呼吸了。他这才想起自己在兽防站遇到的人、说过的话。那样的话是顺风跑的,风一扫,整个镇子就能传遍。他由此也明白了李成那消息的来源。他是多么感激李成!李成刚问起苟军的时候,他恨他,恨死了他,开始恨得有多深,现在感激就有多深。李成发布了他期待的消息!

从那以后,苟军就不在千河口了。

问:苟军去了哪里?

答:苟军去了塞拉利昂。

问:塞拉利昂在哪里?

答：是个远得死人的地方。

问：未必比北京还远吗？

答：还远。

问：究竟有多远？

答：听说不属中国管。

——天哪！

这么一问一答加上一声"天哪"，苟军就被打发了。

久而久之，桂平昌也相信苟军不是被他杀了，而是去了塞拉利昂。

塞拉利昂，真是个好地方，好在遥不可及。千河口人，包括整个老君山人，出门打工，走得再远，也不像苟军走得那么遥远。

只有一个人的魂，才能走过那么遥远的路程。

他的魂走那么远，却把骨头留了下来。

骨头是他的心，他的心跟他的骨头一样硬。

但再硬也硬不过光阴。再过些年，那骨头就会变成灰。

桂平昌等着那一天！

四二

九月下旬,吴兴贵买了头牛回来。将近一个月前的八月二十九,也就是桂平昌上草树那天,陈国秀黄昏时分去池塘边喂牛,含沙射影地骂,或许是她骂的话被陶玉听到了,或许是吴兴贵跟陶玉已打定主意,要在千河口住到老死,便自己也去买了头牛。

是从望鼓楼买来的。望鼓楼在更高的山上,既没有鼓也没有楼,无非是比千河口还要萧条的村庄。那头牛的皮子和满身焦黄的黄毛,都给人骨头的感觉,枯涩,坚硬,一只牛虻叮上去,脚没站稳,就又飞走,是觉得没意思。这个季节,真不该瘦成那样,看来它的旧主人实在年老,没力气为它割草,又不敢野放,因为望鼓楼那地方,照进山买树的城里人的说法,陡得找不到一块能放屁股的平地,牛身比路还宽,脚稍稍一撇,就是百丈悬崖。

把牛买回来那天,陶玉为它割回一大花篮埚坎边的浅草,这种草牛最肯吃,也最长膘。傍晚时分,陶玉牵着它,去池塘喂水。初来乍到,牛有些害羞,跟在新主人身后,走得特别拘谨,喝水也是小口小口地咀。从池塘回来,陶玉没立即将它拉进圈,而是拉到了院坝下面的草树旁边(她家的草树是昨天才上好的),对牛说:

"黄儿,这是你的草,你先尝两口,看香不香?"

她这样说的时候,陈国秀正砍了苞谷秆回来,在竹林边收衣服,中午她洗了衣服,晾在竹枝上,又吹又晒,早就干了。陶玉的话她一字不漏地听见了。

话不重要,重要的是说话的口气。许多时候,口气比话本身更让人喜,也更让人气。陈国秀气得牙痒。她觉得陶玉是故意说给她听的。你不是心痛你家的牛吗,现在我也有牛让我自己心痛了,你心痛你的,我心痛我的,我们各心痛各的;到时候,你使你的牛,我使我的牛,我们各使各的牛;你的牛喂你家的草,我的牛喂我家的草,我们各喂各的草……

"不要脸!"

陈国秀在心里骂着,却没注意到手上,只听"呲——"的一声,一件衫子被枯了的竹枝破开两寸有余。

回到家,她恼怒地将衣服扔到床上,像力气突然就被卸掉了,把衣服叠起来的力气也没有了,便在床上坐下来。

桂平昌挖山货去了,还没回,家里就她一个人。

一个人的黑,一个人的空。

房顶上的亮瓦透不进光，它自己却能承接光，而她没有光，也承接不了光。亮瓦幽灵般的眼睛，让她更觉得空。

她不愿去想陶玉的话，又不能不想。好几年来，村里人用夏青家的牛，用她陈国秀家的牛，用了都是白用，她心里埋怨，嘴上也埋怨，但另一方面，她又是满足的，因为别人有需要她的时候。别人要使她家的牛，会来给她下话，即使桂平昌和她都在场，话也是下给她的，是觉得她比桂平昌能做主。

她没有一次高兴地答应过，可也从没拒绝过。她看着她家的牛被别人牵走，戴上木枷，拖着铁铧，帮别人犁田，她会觉得那是她自己在帮人犁田。铁铧翻起的泥浪，哗哗哗向两边分开，瓷实，均匀，醇厚，她似乎能听到憋闷了一个冬天的田土，在松快地喘息，也能看到谷种撒下去，种子在土里破壳，长出秧丁，秧丁长成秧苗，随后将秧苗分蘖，在早就犁好的水田里，直溜溜地插成行，就任由它长了。风软软地吹着，把水吹皱几回，秧苗便长成稻秆，整片田野变成了青色。大头蝌蚪挣脱乳白色的胎衣，摇摇摆摆地游，转眼间，蝌蚪蜕变成青蛙，青蛙爬上田埂，烤几分钟太阳，后腿一蹬，折身跳上稻秆，又从稻秆扎进水里。太阳下去，蛙鸣起来，蛙鸣潮水般涌进村庄，一浪接一浪。蛙鸣声里，幼穗吐露，稻秆拔节，越来越高，越来越粗壮，然后开花了，结实了。金风起处，谷香遍野，就知道该磨镰了。几个昼夜的劳作，空下去的粮仓又填得满满的，逢赶场日子，镇上的农贸市场，到处摆放着新米，当天的午饭或晚饭，镇里人会说：

"哦，好好吃的米！"……

陈国秀想着这些，觉得村里人饱满的粮仓与她有关，镇里人香美的餐桌，也与她有关。

她因此感到快乐。

可是现在，那快乐眼看就要被剥夺了。

村里没养牛的人家，今后还会来找她借，可不知为什么，她就希望陶玉找她借牛。在别人眼里，陶玉除了有个丈夫，几乎啥都没有：没有孩子（或许有过，从不见面，等于没有），没有娘家（从不来往，几近没有），也没有钱财（她跟吴兴贵不打工，不搞副业，不做生意，又无任何外援）。而在陈国秀眼里，却完全不同，陈国秀觉得，陶玉有丈夫的呵护，有丈夫的歌声，有半夜三更和丈夫的嘻哈打笑，她也就啥都有了。

跟她陈国秀比，陶玉唯一缺的，就是一头牛。

可现在她也有了牛了。

她有一样，陈国秀就空一样。

她啥都有了，陈国秀就空成了一张壳。

四三

天底下的许多事情，本来没有事情，是计较出来的事情。越计较，它越要跟你相遇，越要跟你纠缠，越要让你不满。

陈国秀正坐在卧房里，把自己跟陶玉比较，就听见吴兴贵的歌声了。

吴兴贵是从后山回来了。他两条腿成了两根干柴棒，可走路真快，下山时更快，刚才还在夹夹石，一句没唱完，便进了巷子。

就是桂家和苟家之间的夹巷。

那条巷子差点被村里人忘了，连老二房的人也差不多忘了。是那年张大孃的死，让人们重新想起了它。张大孃死后的一应张罗，都是桂平昌和陈国秀，这没什么，是他们自己愿意的，反正又不让他们花钱，钱是村里出的，张大孃自己还留下了两百块；为张大孃烧七、一周年、二周年、三周年上坟，照样是桂平昌和陈国秀的事，这也没什么，桂平昌都摔过孝盆了。可是，把张大孃埋上山，真是费尽了力气，原因是不能从巷子经过。也是从这件事，村里人更加切实地感觉到，平时去后山实在太不方便了，于是商议着派了几个代表，来对桂平昌和陈国秀说：

"看样子，苟军一时半会儿不会回来了，你们去把巷子腾出来吧。那些背篼蓑衣倒好说，主要是柴。你们先把柴烧了，今后还苟军就是。"

桂平昌哪里敢，他就当没听见。

陈国秀倒是听见了，也应答了。

"劳慰你们，"她说，"我们自家有柴烧。"

她不仅自己不去腾，也不许别人去，她说你们去腾了，将来苟军照旧会怪在我们头上，苟军打得我们皮泡眼肿的时候，你们又好站在一旁看笑神。

听她这么一说，那些前来游说的，面面相觑，羞惭而退。

又过去一两年，杂物和柴禾大多朽烂，只有青冈棒硬撑着，但也皮面发黑，被雨一淋，长了满棒的菌子。这时候，村里人，包括陈国秀自己，再也管不了那么多了，从朽物上走过，有时还顺手把青冈棒上的菌子扳了来煮汤。

再后来，青冈棒也朽成了灰，长不出菌子了。

到而今，所有东西早变成泥，巷子也因此抬高了几寸。

吴兴贵是第一个从巷子出入的人。那是个大雨天，他戴着斗笠，披着蓑衣，扛着锄头，要去后山的秧田里挖田埂，两天前才下过暴雨,田里灌得满满荡荡,一只小青蛙伸个懒腰,也会让水溢出来,再往里灌,田就崩了。吴兴贵出了门,径直走向巷子,朝着苟军紧闭的房门,笑嘻嘻地高声说:

"苟军呢,对不起哟。"

这话桂平昌和陈国秀都听见了。

桂平昌也准备去后山挖田埂,但吴兴贵呱唧呱唧从巷子穿过之后,桂平昌依然没从那里过,依然绕的冤枉路。那巷子还有他的一半呢!当所有人都从巷子经过时,桂平昌也不,直到完全看不出柴草和杂物的影子,他才觉得,看不出它们的影子,就是看不出苟军的影子,从此也才随了大流。

这些事,陈国秀平时要想,现在却没精力去想。

她只注意到吴兴贵的歌声。

开始因为吴兴贵跑得太快,加上屋后有树林子挡音,不大能听清他唱些啥,但下了坡地,进了巷子,他反而没那么快了,歌声变得平稳、清晰而昂扬:

> 要吃砂糖嘴对嘴,
> 要吃桃子叫妹妹。
> 桃子妹妹一个样,
> 剥了皮皮流水水。

这又是唱给陶玉的。

陶玉一定又是时不时地捋一捋头发，打着抿笑，听吴兴贵为她唱。

接着吴兴贵开了门，进了屋，又听见他从屋里出来，停了歌，站在院坝边叫陶玉。陈国秀才知道，这么长时间过去，陶玉还牵着她的牛，站在草树底下的。

"不要脸！"

陈国秀又骂了一声，骂得火焰焰的，很烫，很响。

愤怒让她不觉得空了，她双手在床沿上一搭，起身走了出去。

卧房里那么黑，太阳却还挂在对面马伏山顶的树枝上，树小太阳大，树不累，太阳累，太阳便做出随时准备沉没下去的样子，只余下自己的灰烬——血色霞光，照耀着三山五岳，其中一束，穿透竹林，正正中中汪在苟军家的门锁上，黄锈的锁成了一团凝固的血，愈凝愈重，垂垂欲滴。

陈国秀感觉到满鼻满嘴的腥臭。

十多年来，她说不清自己有多少回去注意那把锁，也说不清看到那把锁挂上蛛网，慢慢脱漆、烂掉，她自己又是怎样的心情。但她清楚自己此刻的心情。如果那把锁开启，那道门敞开，苟军每天又从那里进出，她的日子将再次堕入灰暗。

灰暗，却不空。

她这才发现，苟军在的时候，她伤心、屈辱、黯淡，却从没像现在这样空过。伤心、屈辱、黯淡和空之间，她一时不知道哪个更好。

更确切的说法是,她不知道哪个更不好。

幸亏有活要干。如果没有活干,人是很难活下去的。难怪活又叫活路。陈国秀一整天都在砍苞谷秆,还没弄明天的猪草呢。她把镰刀别在花篮上,把花篮挎在一个肩膀上,往桑树坪去了。

她把猪草割回来,挂上罐子煮夜饭。

夜饭做好,桂平昌也没有回来。

四四

最近这些天,桂平昌回得出奇地晚。

有一两天,他比夏青都回得晚。

这时节,田地里没有下种子、割谷子、扳苞谷之类打紧的活路,一家人便分头行动,各人去忙自己喜欢的事情。秋天之所以是农民一年中最美好的时光,绝不仅仅因为这是收获季节,还因为收获之后,便相对自由了。

真正的自由不是胡闹放纵,也不是无所事事,而是做自己想做的事、爱做的事。真正的自由比不自由还难,它要求无论在任何情况下,都能无懈可击地把握自己。大巴山脉的九、十月间,正呈现出这种自由:万物的自由。

层林间,叶子随心所欲地绿、黄、红,漫山遍野,色彩歌唱,盛大辉煌。无人采摘的野果,想继续挂着就挂着,不想了,跟枝条分离,掉入谷地,以破碎散播香气,也以破碎传播种子;

果子跟枝条分离的瞬间,枝条弹开,把阳光打得一闪,即刻归于宁静。山溪水不多不少,不冷不热,玎玎玑玑的流淌声,与其说是招引,不如说是隐藏,但鸟兽认识它们,也知道它们的住处,鸟在那里理毛,兽在那里饮水。台梯层叠的田地,已悉数交出自己的果实,因而问心无愧,面容疲惫,却神情坦然。果实霉变的酸味,动物腐烂的臭气,残花遇风的零落,木叶遭虫的苦恼,以及各样生灵被天敌围困时的哀鸣与挣扎,自然也夹杂其间。

世间没有任何一样事物能单独存在。

世间也没有任何一样事物,没有任何一个季节,是专为美而存在。

他们为自己存在,为自己的处境和命运存在。

各自都很重要,各自又都并不重要。

正因此,一切才是自在的,和谐的。

克服了往日的恐惧,桂平昌只要丢开焦虑——村庄即将消逝以及那些来历不明方向模糊的焦虑——就也是自在的,和谐的。现在田地里的杂活,他基本不管,猪牛他也不管,他只管收回那些散失在山里的钱财。麦冬没处可挖了,还有何首乌,还有老娃蒜,还有蕨根子,这些东西,要么做药材,要么成野味儿,背到镇上去,都有人买。跟以前相比,现在有个天大的好处,就是凡山里的东西,城镇人都觉得是好东西,连岩羊的粪便也有人要,说晒干了泡茶喝,能益气补血,滋阴壮阳。大山是个宝,山里人自己说不行的,要城镇人把它当宝,它才是真的宝。

桂平昌就是去找回这些宝。

山野辽阔，他本来可以不走那条路——从凉水井经过的路，但他故意去走。每天从那条路上回来，他都要在歇凉石上，坐上老半天。他坐在那里不是为了歇凉，这时节就算偶尔暴热一下，也不至于热得需要在凉水井歇凉。

他仿佛没有目的，就是想多坐会儿，坐到实在不得不动身时，才离开。他控制住不看洞口，怕控制不住，干脆跟洞口背向而坐。从这方向望下去，是直通大河的沟道。歇凉石以下，沟道更陡，因而存不住乱石，下面的山体也没那么多乱石，乱石都是从上面来的，被歇凉石挡了去路，如奔马遭遇困厄，无计可施，向天嘶鸣。歇凉石以上呈深灰色，以下是土褐色，土褐色的槽口向两边裂开，槽沿比别处似乎更肥沃，林木茂密，藤萝交错，色彩斑斓。接近底部，沟道被堆拥的秋色藏了。视线从底部延伸出去，只能看见不足两米长的一段河流。一条船过来了，眨眼间，又过去了，船仿佛走在岸上，那段河只是它们必须跨越的沟渠。

头稍稍抬起，就是河对面的马伏山。

马伏山是老君山的镜子。

老君山也是马伏山的镜子。

任何事物，只要对面而站，都互为镜子。

人呢？人也是这样吗？

荀军和桂平昌也是这样吗？

荀军的心里，有种不可解释的恶，即使能解释一些，也是表面的，肤浅的。

桂平昌心里，有没有那种东西？

对此，桂平昌从来没有问过自己，他惯于把自己置于无辜者的地位，并且尽情地享受着这种地位。即使他杀死了苟军，照样觉得自己处于那样的地位。

但是这天，即吴兴贵把牛买回来这天，他有了怀疑。

四五

陶玉将牛牵到草树底下时,桂平昌已从深山更深处踏上归途。吴兴贵唱着歌走进巷子,他就坐到歇凉石上了。和往常一样,他背向洞口,随意地望着沟道、河流和马伏山;和往常不一样的是,望见马伏山时,他突然有了个想法。

他想看看孙月芹的住处。

马伏山绵延百余公里,不知有几村几落,孙月芹的娘家和现在的婆家,究竟在哪个村子,他根本就不知道,即便知道村子的名字,也不知道在什么位置。他家在马伏山没什么亲戚,他也没有需要去马伏山办理的事体,因此他从没往那边去过。别看只隔一条河,却是另一个世界。每跨出一步,都是另一个世界。每退后一步,都是对另一个世界的无知。将方寸之地切成无数小块,每个小块都不可能一模一样,且根本不需要显微镜,肉眼就能看见。桂平昌挖地的时候,上一锄和下一锄,会挖出不同的虫子、不同的草茎，即便是同一个品种，也各有胖瘦，各有盘曲和伸展。所谓距离，不是里程的长度，而是世界的宽度，也是知道和无知的深度。孙月芹正是埋在桂平昌无知的深处。

长长久久的日子里，桂平昌何曾想到过那个女人？

那个女人是千河口的过客，她被苟军用黄荆条打，用使牛棍打，桂平昌见过无数回，但她抱着个白白胖胖的娃娃出现在镇上，桂平昌却没有看见，只是听说。后来，她牵着那娃娃的手，去找孙剃头理发，孙剃头把小家伙抱上椅子，说：

"长得好乖，像他妈个洋娃娃。"

又俯下脸对孩子说：

"我把头给你烫了，你就更像洋娃娃了。烫不烫？"

孩子没应声，只带着初见世景的惊慌，望着妈妈。她妈妈却比他更惊慌，脸都吓白了。烫了头，头发不就成鬈鬈么？苟军的头发就是鬈的！她连忙将儿子抢过去，不要孙剃头剃了，弄得孙剃头哭笑不得。

这件事，桂平昌也只是听说。

还有关于孙月芹的好几样事情，他全是听说，没有亲见。

他真想亲眼看见！

就像此刻，想看见孙月芹的住处。

别说啥都不知道，就算知道孙月芹的家，也看不见什么的。这么远望过去，再高大的房子，也如同幻影。何况孙月芹在马伏山多半已经没有家了。可以肯定的是，普光镇也没有她的家，那么她是把家搬到远方去了。算起来，她儿子和贞强差不多大，该早就结婚生子，早已出门打工，或者当了老板，跟当年的刘志康一样，把老老小小都带走了，甚至像二爸一家，把户口都迁走了，老家被扔掉了，老家成了远方，田地成了荒地，房子成了废墟。

桂平昌想到了这些，可他固执地认为，自己真真切切看见了孙月芹的家。

那是一幢红砖瓦房，不偏不倚，跟凉水井正对。

看来，苟军进那个洞子，确实不是他桂平昌一截儿一截儿送进去的，而是苟军自己爬进去的，那洞子是他命中注定的归宿地，也是他的报应。你就好好看吧，看看你的对门是怎样在过日子，被你嫌弃和毒打的女人，正被另一个男人抱在怀里，那另一个男人舔着她的伤口，把她的伤口舔湿，把她的头发向两边分开，把她填满，把她变成真正的女人，把她从女人变成母亲。她，孙月芹，很可能不只生下那个长得像洋娃娃的男孩，她还生了，男孩女孩都有，男孩女孩一大堆，千河口人没看见罢了。但是你，苟军，是应该看见的，你死了，你的时间结束了，时间就控制不了你，你可以没日没夜地看。你不仅看到了，还闻到了，听到了，反正所有生命的限制对你都不起作用，你能闻八荒九野，能听万水千山。你闻到孙月芹热腾腾的气息，听到那幢红砖瓦房里，孩子哭，大人笑……

想到这里，桂平昌自己也笑了。

可是他的笑很快僵在了脸上。

他眯缝的眼睛,猛然看到面前竖着一面镜子。

伸手摸摸,并不存在,却无比清晰地照见了他。那是一面无形的镜子。正因为无形,才不仅能照见面孔和衣服,还能照见脏腑。镜子里的人,分明是他,可眼睛一眨,又变成了苟军。眼睛再一眨,那个人成了两个脑袋,两副肩膀,两双手臂和腿脚,却共用一颗心脏。从这颗心脏涌出的血,一段一段把身体点亮,像电流把街上的路灯点亮,挂在身体上的路灯,如尽秋的枝柯,有枝柯的利索,也有枝柯的凌乱,某些地方亮得耀眼,某些地方仅存微光,某些地方闪闪烁烁,某些地方已经熄灭,还有些地方,从没亮过。

两个身体都是这样。

它们是如此地相似。

它们有一个孪生的灵魂。

桂平昌把眼睛闭了,下巴缩上去,眉头扯下来,像闭眼睛是一件十分费力的事情。

眼睛闭得发酸,他才睁开。这时候,镜子里的人消失了,镜子只照见镜子自己。镜子在镜子里生,也在镜子里死。

镜子死了,桂平昌又才是桂平昌了。

他像是要印证什么似的,扭过头,朝洞口望去。

这一望,天陡然间在他眼前黑了下来。

四六

洞口被人动过了。

他记得很清楚,七月末那天,他将铲掉的马儿芯草种回去,种了六窝,又从旁边的青冈林里,挖了一窝铺天盖地的牛马藤,种在洞子左侧,将藤蔓理开,顺到右侧,缠在马尾松上。现在,马儿芯草和牛马藤都在,只是越发蓬勃,相互渗透和交缠,再也数不出窝数,但在洞口正上方,多了一笼刺木。

刺木斜躺着,枝条上还残留着蔫了水分的果子;是红军果,据说当年红军来到大巴山区,找不到吃的,就以这种比绿豆稍大色泽透红的果子充饥,因而得名。果子叫红军果,那种刺木也叫红军果。红军果在这带遍地是,属谦卑的灌木,但浑身锋利的屹针,又见出它的桀骜不驯。是谁那么多事?这片柴山是鲁家的,一次能踢五个毽子的鲁细珍出嫁的次年,她弟弟鲁天结了婚,婚后不久就分家了,他爸将凉水井的这片柴山分给了他,可现在,不仅是鲁天，整个鲁家人，早就离开千河口，已数年不见人毛。

是谁那么多事呢？

桂平昌首先想到了杨浪。

那东西是听到什么了吗？这是完全可能的。

他本就是声音的天才，数十年的痴迷，更让他魔力附体，只要他愿意，就不仅能听见炊烟升起和山野花开，听见一滴水在太阳底下慢慢干涸，还能听见古老的声音、无声的声音。空荡荡的山弯里发出一声怪响，他便知道某个古人在那里劳作过、休憩过，进而复原那人说话、走路、大笑和怒吼；蛇虫蚂蚁在很远的地方睡觉，他也能听出它们睡在哪片草丛或哪个洞子里。

可惜那东西不捉蛇，否则他早就发财了。他既不捉蛇，也不打鸟，有本地人去捉蛇，镇上人来打鸟，他都尽量用自己的本事，学它们叫，将它们引出危险地带。有回"鬼脸"到他姐姐邱菊花家走动——那时候他的猎枪还没被收缴，他是扛着猎枪来的，走到池塘下面的林子里，看见一只麂子，那麂子三腿站立，右前腿微微提起，像在犹豫，又像在想什么事。"鬼脸"激动得吞了口唾沫。猎人的激动就是吞口唾沫，绝不会乱心，也不会发抖。他蹲下去，扯掉插在枪筒里的茅草（插茅草是为防走火），正伸出枪管，向麂子瞄准，一只鸟像咳嗽那样叫了一声，听到这声鸟叫，麂子双耳一竖，奋蹄奔跑，眨眼间隐没于万山老林。"鬼脸"气得跺脚。他当然不清楚那只鸟是杨浪。杨浪知道，麂子身上有寄生虫，鸟喜欢去它们背上啄食，作为报偿，麂子遇到危险时，鸟只要发现，就会以特有的叫声发出警报。

杨浪用声音保存着村庄，也用声音保护着山野。遗憾的是，他终究也没能阻挡蛇在山里绝种，没能阻挡鸟兽日益绝迹。只等这些年，种地的少了，农药和除草剂用得少了，加上越加严厉的禁令，那些山野的原始居民，才又慢慢回归。

虽如此，杨浪对声音天赋异禀，却是毋庸置疑的。

杀死苟军并将苟军扛进洞子的那天夜里，闹出那么大的动静，如果那东西没睡着，每个细节都会如雷贯耳。

这么一想，桂平昌觉得自己当时实在太大意了。把苟军背到凉水井的路上，他还说了那么多话呢！他回忆起，那天他从凉水井回到院坝，看到晨光里的杨浪从下面走过，他给杨浪打招呼："那东西，这么早去哪里？"杨浪回了句："你比我起得还早呢。"现在看来，这句话别有深意。尽管杨浪后来又补了一句，表明他认为桂平昌没有他起得早，但很可能只是打幌子。撞见一个刚刚杀过人的人，并不是一件好玩的事情，所以他要装着自己不知道。

可问题是，杨浪何必来这洞口做手脚？

而且这么多年过去，也没见他有任何异常。

要么就是他当时没听见，七月末那天才听见了，当桂平昌离开凉水井后，他也钻进洞子，发现了死人。但这同样难以解释，人又不是他杨浪杀的，他直接报告就是，哪用得着砍红军果遮掩？九弟死那年，在他跟九弟和贵生边喝酒边晒声音的前十天，他在霞沟发现了个从外乡跑来、因心脏病突发死在那里的老人（后来证明是个精神分裂症患者），不是立即就报告了吗？

这么说来，不该是杨浪。

那会是谁呢？

桂平昌又想到了李成。如果李成也知道了洞里的秘密……这更不可能，李成知道的话，早就满世界传扬开了。

不过，李成虽爱管闲事，这件闲事毕竟非同寻常，他是不是被吓住了，不敢声张，但又不甘心，于是砍笼红军果压在那里？果然如此的话，他就不是遮掩，而是指引和鼓动。

桂平昌想起念初中的时候，普光中学有个学长，总在周末去茶馆里说"水浒"，为自己挣书学费，桂平昌只要周末不回家，都跑去听，他理解林冲、武松等等为什么造反，可怎么也理解不了享有高车大马锦衣玉食的柴进，为什么也要造反。中场休息时，他带着无限崇敬的心情，凑上前去请教了这个问题，学长的回答是：柴进不是造反，柴进是包庇和鼓动造反，造反是一种活法，鼓动造反是另一种活法，是比直接造反更高级的活法。

李成那么聪明，会不会也像柴进那样玩出更高级的活法？他故意用红军果招引捡柴人，那些人将干柴一拖，就可能撩起乱草和藤蔓，从而发现那个洞子和洞子里的秘密……桂平昌的心又乱了。

躺在孙月芹的对门，是苟军的报应，乱心是不是他桂平昌的报应？人虽是自我覆盖的，却也割不断遥远的联系。电光石火般,桂平昌记起四十九年前那个深秋之夜,他们悄悄吃的那顿南瓜糊糊。或许,二爸一家是听见的,即便听不见声音,也能闻到气味,那年月,粮食的气味是世间唯一的气味,二爸以咳嗽的方式,二妈以叹气的方式,来提醒他们,希望他们汤汤水水的能给半碗,至少让小翠润润嘴皮。但他们没有,他们像防贼一样提防着隔壁。这件事,一定伤了二爸二妈的心。伤透了。否则,苟军欺负他们的时候,他们不至于像别人那样,三两步就跨进自己屋里,从不帮忙搭句言,二爸后来也不会宁愿让房子烂掉,却不把钥匙交给他。

但那样的事情,既怪不了爹妈,更怪不了他。

饥荒年岁,无论谁弄到一点吃的,都是悄悄吃。要是二爸弄到吃的,同样会悄悄吃。老天爷不会让讨命活的人遭报应。

话是这样说,桂平昌还是抑制不住心乱。

他坐在歇凉石上,一袋接一袋抽烟。

暮色四合,对山亮起零落的灯火,他才起身。

但他没直接回家,而是绕到村西,上了西边院子。

四七

西边院子还有三户人家,李成家靠着路口。路口连着一坡石梯,石梯下面有孔填埋的土窑,土窑两侧都是吊脚楼,吊脚楼底层,是茅厕和牲口棚,臭气跟夜蚊子一样喧闹。桂平昌像是被这喧闹声抬着,一直抬上院坝。

院坝里黑乎乎的,三家人都关门插锁地龟缩在自己的窝里。

村子里人多的时候,同一院子的人,几层院子的人,你串我的门,我串你的门,说些说了一辈子的话,甚至是上辈人、上上辈人说过的话,却无半点老旧、重复和无趣的感觉。人说话的时候,跟来的狗和主人家的狗,要么坐着听,要么出去玩,随它们的便。日子就是这样打发的,乡情也是这样织起来的。乡情是一条埋得很深的根子,徐徐地有微温流过,流过了,却不让你知觉。后来,村子空了,留守者该更加亲近吧?恰恰相反,是更加疏离。大家都各顾各的了,回到家就懒得出门,只要不是大暑天，进屋过后，有风没风，都把门关上。埋在乡邻之间的那条根还是在那里，但没有人去浇灌了，也感觉不到彼此的温热了。

路口右边就是李成的家。他挣了不少钱，为他遮风蔽雨的，却依然是几十年前起的木板房，火光、灯光、劈柴燃烧的清香和两口子的说话声，从壁缝间漏出来。桂平昌在壁子外面站住了，想听他们说什么。

有一句没一句，听不出名堂，但能听出他们像是很高兴的样子。

偷听和偷，一个用耳朵，一个用手，但性质是一样的。用耳朵甚至比用手更恶劣，用手有法律管着，用耳朵却可以逃避法律。桂平昌没干过这种事，至少没专门干过这种事，真干起来，就像整张脸埋进了水里，只想赶紧把脸露出水面。

于是他故意弄出一声响，然后大声抱怨：

"这是哪家的柴哟，放在路上做啥子哟！"

傍路口的院坝里，横着一根木棒。

李成出来了。

桂平昌把李成叫"成爸"，年龄之外，很可能也有八竿子打不着的亲戚牵扯。他说成爸，这是你的柴么，差点整我一扑趴。

李成没看清是谁，但听出声音来了，哈哈笑，说：

"该背时，哪个叫你黑天瞎地还到处跑。进屋哦。"

桂平昌说不进屋了，这么晚了。

李成过来拉。这证明他做了好吃的。乡里人，有了好吃的才拉人进屋。

桂平昌挣了两下，就顺从了。

屋里亮一块暗一块。在亮处，邱菊花左手端着个深灰色陶钵，右手正揭开罐盖。肉香如蜜蜂出巢，成团成块，很快就弥漫开。

"平昌啊？坐。"邱菊花说。

说话时没耽误手上的活。一大钵洋芋炖腊猪蹄，放在了白炽灯下的饭桌上。钵里冒出的白烟，比灯光还白，灯光的白照不透白烟的白，屋子里像蒙了层纱。

随后邱菊花又去挂锅儿，准备再炒个菜，李成拦住了：

"不炒了，平昌又不是外人，你抓把花生出来，我们叔侄俩将就下酒。"

他这样说，并不是表明他跟桂平昌有多亲近，任何乡邻去别人家里吃喝，女主人客气，男主人都会说：某某又不是外人。

桂平昌并没坐下，装了老娃蒜的花篮还背在背上，像随时准备离开的样子。李成从背后抓住花篮，朝后一扯。客气也就到此为止了，再客气就生分了。桂平昌听话地脱了背绁。这其间，邱菊花已往洗脸架上的瓷盆里倒了水，叫桂平昌洗手。洗罢手，李成早提出半胶壶白酒，往两个土碗里各倒了满满一碗。

除了高兴，李成没有任何反常的地方。

可是他为啥这么高兴呢？

桂平昌正疑惑，李成自己说了。原来，李奎在监狱里发明了个烟灰缸清洁器，得了积分，将减刑半年。桂平昌不相信发明个那玩意儿也能减刑，他想起八月二十九他上草树那天，李成两口子跟"鬼脸"商量的事：请"鬼脸"的妻侄儿去给李奎所在的监狱领导送礼。那天他们虽然说得小声，但桂平昌隐隐约约是听到的。说不定那个才起作用。他没点穿。听说李奎减了刑，他也高兴。是真心实意的高兴。并非喝了李成的酒，吃了李成的肉，而是因为今晚的气氛，让桂平昌铭心浃骨地感觉到，在这日渐败落的村子里，能有个人回来——不是从杨浪的声音里回来，而是真真实实地回来，连骨带血地回来，是件多么好的事情。

以前，桂平昌从没注意到李成的老，他总是那样肝精火旺，让人忘记了他的年龄。今天夜里，桂平昌发现，李成脸上的皱纹，像虫蛀了的丝瓜叶，隔着张小饭桌看他，也只能看见皱纹看不见脸了。他老了。邱菊花也老了。这么老的两个老人，却在等着儿子出狱，为儿子减刑半年高兴。

桂平昌有了一丝酸楚。

不过他再怎么分神，心思都离不开凉水井，离不开苟军和苟军的尸骨，也离不开那笼红军果。他想着这些，夹一块洋芋塞进嘴里。

人心真有神秘的通道，桂平昌正想着苟军，李成突然问他：

"你晓得苟军么？"

洋芋太烫，他舌头一顶，吐出来，吸两口冷气，才说：

"他不是去了塞拉……啥么。"

他本来想小声说,结果说得很大声。

"哼,狗屁!"李成脖子一扭,脑壳一摆。

桂平昌用筷子夹着那块洋芋,夹成了花花儿,还在夹。

李成端起酒碗,往天上一举:

"喝呀。"

桂平昌说我不喝了,我喝多了。

李成脸一浸:

"你平昌的酒量我还不晓得!你把那点干了,我再给你倒半碗。"

桂平昌手上在动着,嘴上在说着,脑子里其实是一片空白,叫他喝,他也就喝了。

李成把酒续上,又才说:

"苟军根本就没去塞拉利昂,他是进了北方哪里的黑厂了。进到那种地方……十多年哪,他多半早就死了!"

邱菊花刨几口饭,接过丈夫的话:

"我以前说我们的命孬,结果苟军的命更孬,没得后人不说,还死在天远地远的地方,咋死的都不晓得,连个尸形也见不到。"

"这个话我是早就听说的,"李成说,"我没传,也叫她莫传。我是想,张老婆婆死那年,我们去叫你跟国秀把巷子腾出来,国秀说,如果苟军回来,不问缘由,就会怪在你们头上。她说得对。我怕把苟军死了的话传出去,万一他命大没死呢?——当然肯定死了,我是说万一——将来又要找你们的麻烦。这话我只说给你。我是喝了酒,没喝酒,连你我也不说。"

桂平昌哑着酒。把那半碗哑尽了,李成又倒。

"成爸你硬是要把我整醉么?"他说。

李成说你醉不了的,我给你倒最后半碗,这半碗喝了,你想喝我也不给你了。

酒液潺潺而下,桂平昌用一根指拇顶住壶嘴底部,其实并没把壶嘴往上抬,让李成倒。结果倒了大半碗。倒上了就喝。他尽量压抑着,但水装在罐里,一摇也就活泛。他满心感激地想起十多年前在兽防站碰到的那几个人,那几个人或许不是人,而是天神下凡,他们出现在那里,只是为了给他桂平昌指明出路。

苟军去了塞拉利昂,浇灭众人的猜疑。这就是桂平昌的出路。

但还不是最好的出路。这条路上有瑕疵,有后患。苟军死在了黑厂,彻底断绝了他回家的路,才稳妥了,才把一切问题都解决了。

两个消息,都是李成带回了千河口,这对桂平昌太重要了,如果那些消息只流浪在远方,对他桂平昌是没有任何意义的。几十年的相处,让他知道李成不是天神下凡,李成的"包打听",很多时候还让他瞧不上,认为过于无聊,因为他觉得,人活一世,根本用不着知道那么多消息。可李成打探消息,不是为了知道,而是为了传播,让听的人各取所需。这就好比赶场天的集市,羊子兔子、鸡子鸭子,什么都有,张三李四带了自己想要的回去,就是热气腾腾的生活。

李成也给了他桂平昌热气腾腾的生活。

最后大半碗酒,喝得很慢,是因为话比酒多。

下席过后,尽管已经很晚了,桂平昌还跟李成摆了好一阵龙门阵,才道过谢,起身回去。

四八

回来得恁晚,还在别人家把酒喝了,饭吃了,却一个信儿也不给,陈国秀饿着肚子等到夜深,心里的那个气,自不必细说。

仿佛是为了赎罪(其实是心里喜),陈国秀吃饭的时候,桂平昌既不干活,也不抽烟,只坐在饭桌上陪她。陈国秀觉察到异样,想问,又懒得问,但她还是感到一丝欣慰。

奇怪的是,越是欣慰,一直折磨着她的"空",空得越沉。

她这才知道,有些时候,空和沉是一个东西。

空得有多厉害,沉得就有多厉害。

桂平昌看不出她的空,但看得出她的沉。她筷子都没拿整齐,刨饭时一根筷子插进嘴里,一根筷子撇在嘴角。她在想啥呢?是什么事让她沉的呢?家里的粮食,比去年多收了七百斤谷子、四百斤苞谷、一百斤油菜。外面的儿孙,都过得好好的,小儿子贞学现在跟着哥哥,哥哥贞强在帮一个山东去的老板炒干货卖，勤学肯干，为人诚实，老板很喜欢，还说贞强是福星，让他的生意越做越红火，添人手的时候，贞强提出让他弟弟来，老板二话没说，就答应了；两个女儿的娃，读书成绩好得很，在各自的班上都是前几名。

你还有啥事吊在心口上下不去呢？

这么多年来，桂平昌从没想过在那些不堪的夜晚，他是怎样在掐她、咬她。

更没想过这么多年，他和她是如何变成了没有性别的人。

他只是想到了另外一件事，另外一个人。

事情不想去说，人还是那个人。

要把那件事告诉她吗？桂平昌问自己。

酒精并没让他昏头，他觉得还是不告诉的好，"发现"苟军的白骨没告诉她，苟军"肯定"死在了黑厂，也不要告诉算了。李成的嘴那么叉，都能把这事包住，他当然更能够包住。何况李成还特别强调，他只说给了他一个人，意思是提醒他不要说给第二个人，自然也包括不要说给陈国秀。在桂平昌这方面，不是不相信陈国秀，是怕陈国秀说给了陶玉，陶玉说给了吴兴贵，吴兴贵编进了歌里。他越来越厌烦听到吴兴贵的歌声。吴兴贵似乎并没有编派过他什么，但他觉得，十八九年来，吴兴贵唱的每一句，都是在编派他。

他很希望别人知道苟军死在了远方，但要是被人传，被吴兴贵唱，他又认为是对自己的冒犯。这其中的曲折，他没想过，真想，也想不明白。

总之是不告诉陈国秀的好。

真要告诉，也不通过他的嘴，让李成说出去好了。秘密那东西，就像抽烟，不抽第一支，也就不会有第二支，只要抽开，就会上瘾，就会接二连三地抽；把秘密咽下，任何人都不说，慢慢也就烂在了肚子里，一旦说给人听了，它就接收到了阳光雨露，茁壮成长，长成大树，撑得你受不了，就要说给更多的人听。何况是李成呢！李成已经说给了他，绝对还会说给别人。只要再说给一个人，千河口就会尽人皆知。这样一来，事情只发生在远方，千河口什么事情也没有发生。

桂平昌不再担心凉水井洞口上方多出来的那笼红军果了。

那或许只是一种凑巧。这片林子，下半坡属千河口村，上半坡属陈家湾村，陈家湾人出动，走得特别远，捡干柴和菌子，下到千河口是常事，千河口人不大往歇凉石那边去，特别是柴山主人鲁家离开后，更少人去，但陈家湾人就说不准了。很可能，某个陈家湾人到了洞子上方，捡到一笼被虫蛀断的红军果，嫌它刺多，加上捡到的柴禾已足够他背，就把红军果扔在那里了。很可能是这样的。

没有什么事了。

真没有什么事了。

于是，桂平昌把他的全部心思，用来对付妻子的"沉"。对付的手段，就是像陈家湾人一样，在绵延起伏层峦叠嶂的山岭间，爬坡上坎，走越来越远的路，挖回那些深藏在丛林和崖壁上的山货，并尽其所能，为陈国秀做好吃的。

可让他迷茫的是，他的不辞辛劳似乎并没进入陈国秀的眼里。陈国秀打理那些山货时，依然爱惜，摘、洗、晒，都含着温情，一丝不苟，她面对着植物，温情也是植物般的温情，眼睛一旦离开，那温情也就不再开花，不再发出香气。温情萎谢了，只剩了枯枝败叶。最让桂平昌不可解的是，她吃饭，好像只是为了活着，以前她有喜欢吃的，现在没有，现在吃啥都行。

桂平昌无法对付了。

日子早就是这样过的，如今桂平昌才发现。

待他发现的时候，已经凝固了，变成铁了。

要是她知道了苟军死在黑厂的事，会有什么反应？

桂平昌相信，她总会有所反应的。

不管什么反应，有就好。

桂平昌等着李成把那个消息传扬开。

让他惊讶的是，那个消息像是死了，再也张不开嘴。

那么热衷于传播小道消息的李成，果然信守诺言，只说给了他一个人。

四九

秋光捧出它最后的艳丽，因时日不多，便艳丽得近于挥霍。桂平昌跟夏青和杨浪一起，成为追逐秋光最勤快的人，也就是说，桂平昌比以前还要勤快，能赶上夏青和杨浪的勤快，虽然他们各有各的勤快。跟前些日一样，无论走哪条路，桂平昌最终都要去凉水井，每天去。苟军死在外面了，咋死的都不晓得，连个尸形也见不到，被他杀死的苟军，只是苟军的影子。

虚幻的影子，留下一具真实的白骨。

这架真实的白骨，已不能对他构成任何威胁，警察、监狱、枪子儿，离他比塞拉利昂还要遥远。尽管他从李成那里听来的消息并没传开，他也无所谓了。如果到了某一天，李成终于忍不住，或者邱菊花忍不住，又说给了另外的人，被吴兴贵编到歌里去唱，他同样无所谓了。他现在无所谓的事情越来越多了。

十月二十四日这天，桂平昌去拐枣梁找山货，走过柏树垭口，

又听到吴兴贵唱歌。不是新歌,是那回帮他们打磙时唱过的老歌:

　　日子长长如绞索,
　　一索索子捆了我两个!

歌声还没收尾,陶玉就嚷:
"莫唱了!"
声音奇响,哭腔哭调又火气十足。这是从来没有过的,至少桂平昌从没听到过。他们的比试和较量,历来都是秘而不宣的,何况在比试和较量当中也充盈着快乐,哪怕是快乐过了头的那种快乐。
陶玉是怎么了?
这只能证明,她也不想听吴兴贵唱歌了。
或许陶玉早就不想听了?
打磙那天,吴兴贵这么唱的时候,陶玉并没捋头发,也没打抿笑。当时陈国秀正转过头吆鸡,没注意到,桂平昌却是注意到的。没捋头发还可说,陶玉双手拿着扬杈。没打抿笑就不正常了。因为以前听吴兴贵唱歌,她总是抿笑,她那像是大风在吹、有事无事朝一边斜的眼睛,跟着她的嘴角一起笑。
可那天没笑。
不仅没笑,还锁了眉头。
如果陶玉也不想听,吴兴贵还唱给谁呢?

着实的，吴兴贵的歌声稀薄了许多，特别是最近这些天。

他们买了牛，该是更加欣欣向荣地过日子，吴兴贵的歌声反而稀薄了。

看样子，要不了多久，他就会变成只说话不唱歌的人。

江杏芬不唱，是因为她死了，吴兴贵还好好地活着呢。

不唱歌的吴兴贵，虽然活着，却啥也不是了。

只是一个比他桂平昌还老的老头儿……

想到这里，桂平昌心里涌起一种悲伤。这悲伤来历不明，因而不锐利，不猛烈，只是岚烟一样弥漫。岚烟越来越稠，变成了雾。他看不见什么了。山空了。他扭了一下脸，鼻子里哼一声，像在跟谁赌气。他还以为自己什么都无所谓了呢。

他的心又乱了。

自从发现了那个洞子、那架白骨，他的心从来就没齐整过。费了很大的力气和很长的时间梳理，以为理顺了，也真像理顺了，结果一个说不出来由的念头，就又让它凌乱不堪。

那天，桂平昌没上梁去，他从柏树垭口横过去，到了松林塝，从松林塝到了牯牛岭，从牯牛岭下了大地塆，再钻过密札札的青冈林，便又到了凉水井。

他花篮里一根草也没装，到凉水井附近也挖不到什么了，就干脆丢了那份心，在歇凉石上歇下来。时间尚早，阳光从清爽了许多的枝叶间往下泼，在洞口形成一道光的瀑布，微微泛红。依旧葱绿着的马儿芯草和牛马藤，成为瀑布的背景。绿色和红色，融会成一种颜色。

除了他桂平昌，谁又知道在这么好看的瀑布背后，藏着一架白骨！

一个拥有秘密的地方。

一个拥有秘密的人。

这个地方和这个人，融会成一种物质。

于是他成了秘密。

桂平昌成了秘密。

与他这个秘密相比，说苟军死在了黑厂，还算什么秘密呢？

他比李成承受得更多，多一万倍。李成守住的，本来就算不上秘密，何况他并没守住，他毕竟告诉了桂平昌，告诉桂平昌的时候，邱菊花也在场，邱菊花不惊不诧，证明他先就告诉了她，而桂平昌却不能告诉任何人，包括陈国秀。拥有秘密的人生是狭窄阴暗的人生，你只能被秘密牵着走，越走越窄，越走越阴暗。

更让桂平昌难以承受的是，日日夜夜，他都被那架白骨盯着。

白骨想揭开他这个秘密。

让白骨揭开，总比让活人揭开好。他怕的不是白骨，而是活人。既然这样，何不如满足白骨的心愿，让白骨和他自己，都轻松下来。

于是他站起身，走向沟道，爬上乱石。

红军果在上方，从下面往洞子里钻，妨碍不了他。只是藤蔓碍事，绷紧的绳索一样。他用力扩开几根，再将草叶一撩，垆缸样的洞口就显现出来。

气味再不像金属那样坚硬,可能因为他上次进来是夏天,这次是秋天的缘故。光线也更暗了,上次他是把洞口的蔓草除掉后才进来的,这次只将草撩开了。虽如此,刚钻进洞子,他就看见,跟七月末那天一样,白骨一动不动地躺在那里。

他没有任何犹豫,勾着腰,径直朝白骨走去。

五十

"你又来了?"白骨说。

死人不说话,是死亡赋予的美德,可这架白骨,连死亡也不能教给他美德。

既然问了,桂平昌只好回答。桂平昌说我又来了。

白骨笑了两声:

"我知道你还会来。我才是你的必经之路。"

桂平昌不喜欢听这话。这话太过正确,正确得让他无处逃匿。

"还站着干啥?躺下呀!"白骨说。

桂平昌有些不情愿,但还是傍着白骨躺下了。他们成了头并头同床而眠的兄弟——真正的兄弟。全部区别,就在于一个有血有肉,一个没有。有的那个是暂时有,没有的那个是曾经有。地上覆着沙砾一样的东西,粗糙得硌手,那是腐烂脱落的皮肉么?

皮肉脱落了、腐烂了，可是衣服呢？衣服不至于烂得这么干净。

桂平昌又陷入回忆。他想起来了，那天苟军没穿衣服，他跑向茅厕的时候，是光着上身的。千河口人把光着上身叫打光巴子，那天夜里，苟军就打着光巴子。但他穿着裤子，刚把裤子褪下，杀身之祸就已降临。是桂平昌把他裤子提上去的，帮他提裤子的时候，还碰到了他肥大的屁股，那屁股传递到桂平昌手上的感觉，至今还在，如同不可治愈的灼伤。

但在这山洞里，也没留下裤子的形迹。

"你的裤子呢？"桂平昌问。

白骨不言声。可能他是觉得，对一架白骨而言，追究一条裤子的去向实在毫无意义。其实桂平昌也是这样想的，便不再啰唆，只在苟军的头颅周围摸。听人讲，头发最不易腐化，他是想摸到苟军的头发。同样没有头发的形迹。

这倒不奇怪，埋进山洞跟埋进土里，到底不同，野兽钻不了土，却可以出入洞子，那些临产的兽类，很可能把苟军的头发，包括裤子的碎片，都叼走了，做了自己新生儿的产床。

他想问白骨是不是这样，可白骨傲慢地空着眼睛，空着鼻孔，露出长牙。

他显然不想回答任何问题。

他现在探究的是桂平昌的秘密，要回答，也是桂平昌，不是他。

桂平昌明白这层意思，但他磨磨蹭蹭的，拖延着。他把自己的头顶跟白骨的头顶对整齐，再手肘着地，撑起半个身子，看两人的脚。他的腿竟比白骨的还长。这是不对的，苟军比他高三公分，有他俩中学时候的体检表为证，当然，后来都长了个子，但那一点差距，始终没填平，也没怎么拉大。十九年前那个初秋的夜晚，苟军从背后锁他的喉，他的刀朝斜上方砍，也能感觉到那点儿差距。

他觉得是自己穿着鞋子的缘故，便又把鞋子脱了。一双黄胶鞋，本也占不了多少尺寸，他又没穿袜子，因此鞋子脱掉后，白骨的腿还是比他的短了一截儿。

看来不光是鞋子，还有皮肉，他长的是那点皮肉。

白骨旁若无人，一言不发，看他磨蹭到几时。

桂平昌自己扛不住了，他知道白骨不是要跟他比长短，而是要听他说话。

于是他就说开了。

五一

他说苟军,你死过后,村子里走了好多人,都差不多走空了,现在东边院子,只有杨浪跟夏青,我们老二房,只有我跟吴兴贵,西边院子多一户,是李成、蒲传进、许文都。除了走的,还有死的,九弟死了,贵生死了……你不想听这些么?你不要急,听我慢慢说。我刚才说九弟死了,贵生死了,还有张大孃也死了。

说到张大孃,桂平昌略略抬头,看着白骨。

白骨的脸上罩过一片悲伤的阴影。

是张大孃的死让他悲伤,桂平昌想。

张大孃把谁都叫乖儿,张大孃是千河口所有人的母亲。

既然白骨想听张大孃,桂平昌就专门说她,从她捡回那口彩釉坛说起,一句不漏地说。那是九年前的五月初二,张大孃去扯伙岩捡干柴,在岩堑里发现一口遍身开着映山红的坛子,她把坛子背回村，在院子里收拾，启开盖子，倒出了一堆小孩骨头，头骨出来时，后脑朝上，张大孃伸出瓜瓢似的手，将它拾起，放正，让脸朝上。那孩子像在哭，又像在笑。哇哇大哭，哈哈大笑。全村人似乎都听见了他（她）的哭声或笑声，都跑来看，都劝张大孃把骨头装回去，把坛子还回去，但张大孃没听。她需要个坛子腌咸菜。可是谁知道呢？说不定她另有想法。她默默地进屋，抱出一口扁平木箱，又在木箱里铺了两件半旧衣服，将骨头放进去，头骨搁在正中，并用衣服裹了，箱子关上后，再抱进屋去，在她床头柜上放了七七四十九天，才背上山去，将那小人儿埋了。

"你晓得的，"桂平昌对白骨说，"张大孃爱一个人嘟囔，走路、干活，她都说个不停，像在跟看不见的熟人说话，站到她背后去听，又听不清说些啥。她心目中的熟人，很可能都是死人了，她说的那些事，我们再也听不懂了。张大孃实在太老了。她那么爱独自说话，可自从有了那口坛子，她在外面不怎么说了，回到家才说，跟那个小人儿说，小人儿的骨头埋了，魂还在……"

她是把那小人儿当成了自己的孩子么？

张大孃是个孤人，可年轻时候，她也曾怀过孩子，年轻到什么时候？年轻到她还是个姑娘的时候！当时她早说了婆家，她婆家在河下游的尹家沟，她跟尹家沟的那个男人，只在订婚那天互相瞟过一眼。这意思是，那个男人不是孩子的父亲。谁是？不知道。至今也不知道。在清溪河流域，尹家沟算是富庶地方，男人不愁娶不到媳妇，但未婚妻没过门，就莫名其妙大了肚子，大得遮瞒不住，山里山外传扬，尹家觉得自己的祖宗都被扇了耳光。虽如此，却不是断然退婚，而是放出话来：只要张学珍（这是张大孃的名字）说出是谁作孽，就还是娶她。但她就是不说。她父母把她吊在挑梁上，打得晕死过去，醒来后照样不说。

要不是旁人劝，还不知道要把她打成啥样子。劝的人提醒：

"你们以为她把人说出来，尹家当真就要娶她？我看不一定。尹家多半只是不服气，心里恨她，叫她说出来后再丢开她，让自己解气。"

那或许才是真实的结局。想一想，尹家何必非要娶她？她人长得齐整，做事利索，这都是事实，可出了那种事，齐整和利索即使还算好处，也无非是掉进烂泥坑里的草绳子，你再想要，也不会弯了腰去捡起来。

然而，就算毁了那门好亲，当父亲的还是想知道，他偷偷把砍人的刀都磨好了，利用各种办法让女儿开口。可女儿只朝他下跪，绝不开口。

那件事成为千河口的谜，也成为千河口的伤疤。

据说那孩子是生下来的，但生下来就消失了，是男是女，张学珍也不知道。

她终身未嫁。要嫁的话她照样可以嫁，后来好几次媒人上门，说的人家虽远不如尹家，但也还过得去，但是父母都挡了。

他们怕女儿去别人家受苦。

漫长的岁月,张学珍送走了她所有的亲人:她的父母和弟弟。弟弟比她小了将近十岁,却比父母还先走,媳妇都没来得及娶。漫长的岁月,也让张学珍变成了张大孃——千河口所有人的张大孃,甚至千河口所有人的母亲。

在杂姓聚居的千河口如果也分出了辈分,这辈分只对两个人失效,一个是杨浪,另一个就是张大孃。

这些事苟军是知道的。像桂平昌和苟军这个年龄的人,都隐约听说过张大孃的那些旧事。但桂平昌现在面对的不是苟军,而是苟军的白骨,于是他也大致讲了一下。边讲,边看白骨的反应。白骨听得很入迷的样子。为什么听别人的秘密,哪怕是公开的秘密,都是这般入迷呢?连一架白骨也不例外!

"抱回那个坛子没几个月,张大孃就死了。"桂平昌说,"她不是像有人讲的那样冲撞了阴魂死的,她是主动死的。你晓得张大孃爱给自己烧纸,你死以前就那样,你死过后,她又给自己烧了三年。不过最后一次给自己烧纸的前一天,她去找了支书。这事情我是后来才晓得的。那时候是任志星当支书,任志星过后是冉从勤,冉从勤过后是刘纪,刘纪过后是杨明中,杨明中过后是李世广,李世广过后是桂承伍,都是当一年半载,就出门打工去了。桂承伍也打工去了,八九百天没露过面,但书记还是他,虽然出门之前他就说过不当,可你让谁当呢?村里的男人,杨浪最年轻,未必叫杨浪当?村里的女人,夏青最年轻,未必叫夏青当？最近两三年，夏青变得多了，不晓得是心厚还是心焦，从早到晚，她屁股后头像挂着根鞭子。听陶玉说，那天她见夏青洗头，头发一把一把地落。"

桂平昌的声音小下来，小到没有，像在想象夏青的头发一把一把掉落的样子。

白骨咕哝了一声，桂平昌连忙把心思收回来。

"张大孃死的头一天，去找到任志星。她把一个手帕交给任志星，手帕里包着两百块钱。她对任志星说：'等我死后，你请几个人把我埋了，我的大料是三十年前就备好的，放在卧房里，用两铺草席盖着，掀开草席，再掀开盖板，把我装进去就是。这两百块钱，你割些肉，打些酒，请埋我的人好生吃一顿。乖儿呢，麻烦你了。'任志星说：'你身体好得很，还要活万万年，着啥急？钱你拿回去。你真的有个三长两短，百年过后，未必我们不埋你？'任志星坚决不收，张大孃就把钱拿回来，放在了枕头旁边。第二天，她为自己烧过纸，就躺到床上去死了。她脸色平静，绝不是喝药死的，只有一天时间，也不会是饿死的。简直不晓得她是咋死的！好像她觉得自己可以死了——这回是真的可以死了，就死了。"

为张大孃安排后事，村里出了钱，但任志星本人并没出力。这不怪他，他自己也遇到了麻烦事。那天张大孃去找了他，他就接到电话，是儿子的手机，但说话的是个陌生人。乡里人最怕接到这样的电话，这证明在远方打工的儿孙，不是受了伤残，就是遭了绑架，甚至更糟。任志星接到的电话也不出意料，是远在湖南的儿子受伤了：有辆车坏在斜坡上，司机是新手，毫无办法，他儿子就拿着扳手钻到车底下去，帮忙修理。哪知道车会自己向前滑呢！幸好是从腿上滑过去的，只把腿压断了。任志星听说，衣服裤子都没换，就下山去了湖南。

这些事要不要给白骨说？

不说算了。白骨好像只喜欢听张大孃的事。再说任志星虽没出力，却不仅答应村里出钱为张大孃办丧，张大孃留下的两百块他也没动，他从湖南回来后，陈国秀把两百块钱交给他，他又交给陈国秀，说你们住得近，拿这钱给张大孃烧些纸吧。陈国秀就上街买了一背篼纸来，为张大孃烧了七，又上了三年坟，直到如今，每年春节还去为她上坟，每年春雷响起之前，还去为她打扫墓地。

这些事更不能说。作为独子，苟军死后就没人照管他家的坟山了。之所以响春雷前要打扫墓地，是因为春雷一起，百虫苏醒，有人去坟上收拾，百虫在梦里就会知道：那地界是有主的，不能去那里张狂。所以提早打扫过的坟，可以长草，不会生虫。但苟家的坟山就难讲了，说不定都成田鼠窝了。

这也不说那也不说，说来说去都只说张大孃，桂平昌才感觉到，他说的话，不是说给白骨听，是说给自己听。他不厌其烦地说着张大孃，是他自己想说。张大孃的一生，又单薄又丰厚，就像千河口，就像老君山，晃眼看去没什么，走进山里，才见明处的累、暗处的伤，也见百花怡人、千果养人。

五二

桂平昌本想再说说发现张大孃死在床上的事——他是觉得，张大孃的好，连死神也知道。死神很有耐心地等张大孃穿上寿衣，为自己烧过纸，再安详地躺到床上去。死神给没给她留出时间想些事，比如生前的事和死后的事，就不知道了。张大孃是有很多事要想的，特别是"那件事"和"那个人"，影响了她的一生，她真该想一想。但不知道死神给她留时间没有。桂平昌和陈国秀进去时，看到的就是死后的张大孃。"那个人"是谁呢？这个秘密，张大孃守了一辈子，现在她不必再为拥有秘密所苦了。卧房里发出干灰和干果混杂的气味。那是她寿衣的气味。那寿衣压在箱底儿怕有十多二十年了，也可能大料割好她就备上寿衣了，那就有三十年了，光阴是长着嘴的，啥都吃，连颜色也吃，张大孃寿衣上的黑，就被十多二十年或者三十年的光阴吃了，黑得都有点发白。

桂平昌本想说说这些,却听到白骨发出一声沉重的叹息。

听到这声叹息,桂平昌才猛然醒悟:在一架白骨面前,他是不是说得太多了?又是人骨,又是死亡,又是大料,又是寿衣。特别是大料和寿衣。身边这架白骨死的时候,可既没享受到大料,也没享受到寿衣!

当桂平昌闭了嘴,白骨也不再叹息,洞子才真正还原为洞子,有着地层之下深不可测的静谧。这是不是一种逃避?桂平昌觉得,躲到如此静谧的地方,真的像是逃避。这么说来,苟军已经逃避多年,他以自己的死,逃避生的义务。当然这不能责怪他,他的死是被动的。他很想活下去,否则就不会因为害个拉肚子的病,就慌忙脚手去鲁凯那里弄药。谁不想活呢?活着是多么美好!只有活着,才会有未来。人就是为未来活的。人不能只为现在活着,只为现在活着,根本就活不下去。有人以为有了今天才会有明天,错了!对人来说,有了明天才会有今天,没有明天,就没有今天。

桂平昌很想说说这个道理。

可说这些比说大料和寿衣还忌讳。

苟军已经死了,早就死了,死人既没有明天,也没有今天。

好在不管活着还是死去,都在同一片土地上。

那就说说这片土地的好,说说他桂平昌是多么爱这片土地。

"苟军哪,"他深情地说,"我们两个都没离开过家乡,有人说你去了塞拉利昂,又说你去了北方的啥黑厂,那都是瞎说。只有我才知道你没有离开过家乡。我们都没有离开过家乡。没离开过，我们就不知道什么是家乡，就像我们生来就在田土上劳动，就从不说劳动这个词。家乡是离开家乡的人说的，劳动是不劳动的人说的。我们把劳动说成做活路，不卑贱，也不高尚，那无非就是我们的日子。我们把家乡说成家，老君山是我们的家，千河口是我们的家，老二房是我们的家，我们住的那个房子是我们的家。我们把家乡简化成家，是因为我们站在近处说话，站在家里说话，我们自己就是家的一部分啊苟军。"

他停下来，等着白骨的回应。

白骨没有回应，只一脸迷惑。

这东西，多半是听不懂我说话，桂平昌想。

念初中的时候，全班六十一个人，桂平昌基本上是第二名，苟军总是第六十一名。桂平昌除了听老师讲课，还去茶馆听学长说书。那学长当时念高中二年级，后来到武汉读大学去了。因为学长上了大学，桂平昌觉得，自己从茶馆听来的，也更高级，更有学问。而躺在身边的这家伙，活着时只有一身蛮力，死去后只有一身骨头。

他根本听不懂我说啥，桂平昌又想。如果不是家里穷，我也读高中去了，读完高中也读大学去了，读了大学我就能吃国家粮，能当干部，我当了干部你苟军还敢欺负我吗？那时候你就不敢了，你见到我回村，老远就过来递烟，狗没朝我叫，你也把狗赶开，你本来比我高，却弯着腰，曲着腿，故意变得比我矮，只有变成这个样子,你才敢跟我说话。你不敢叫我名字,也不敢叫我老同学,只敢叫我的职务,我是镇长你就叫我桂镇长,我是县长你就叫我桂县长。当桂镇长或桂县长回村,你有火烙脚脖子的活路,也丢得下,专门陪侍我。我站着你就不敢坐,我坐下了,你也不敢跟我坐在同一根板凳上。你听我说话,我说啥你都点头,都笑。你把脸都笑烂了,把脸笑成一泡牛屎了。然后你斗胆对我说:

"桂县长,我给你反映个情况。"

"嗯,啥情况?你说。"

"别处的公路都修通了,我们千河口还没通公路。"

这简直是废话,别说我做了县长,就是只做了镇长、股长,老家怎么可能不通公路?不仅通了主路,还会弯来绕去,把路修到我的祖坟跟前。

你其实没有什么情况要向我反映,你只是在我面前做小伏低罢了。

唉,这些事就不说了,留到来生去说好了。

现在说的是怎样爱这片土地呢。

"苟军哪,我们这老君山土层薄,还总是遭灾,远的不去讲了,你我醒世过后,老君山就遇过好几场灾荒,不是风灾就是旱灾,可是我们说灾荒的时候,从来只说人遭了灾,不去想想人为啥子遭灾。那还不是因为老君山先遭了灾!老君山的树倒了,鸟窝吹到天上去了,或者,花草树木被晒死了,田土开了裂。尽管这样,她不照样养活了我们几辈人?我说老君山是我们的爹,是我们的妈,你同意不同意?"

桂平昌转过头,看着白骨,看他同意没有。

他看见的,是白骨脸上浓稠的忧伤。

一架白骨的忧伤,真是忧伤到骨子里去了。

他并不明白白骨忧伤的缘由,只是受到了深切的感动。所有的感情里面,忧伤是最好的感情,这一点,发了财的杨峰和刘志康不一定知道,老君山上上下下那些念过大学的后生,也不一定知道。

桂平昌的话并没说完,但他又怕继续说下去,让白骨更加忧伤。

不说,又静得慌。

他想听听白骨的意见,于是问:

"还需要说吗?"

白骨像是震彻了一下,把忧伤拨开,又恢复了傲慢的样子。

怎么能不说呢?

白骨最想听的话,桂平昌一句也没说出来!

五三

对此,桂平昌自己也心知肚明。

在那个遥远的夜里,桂平昌背着死去的苟军,一路说着话,来到凉水井。他说了那么多话,但归结起来也就一句话:他没有对不起苟军的地方。

当真没有吗?

事实上也可能有。

好像有。

比如,在普光中学毕业的前夕,有天中午,苟军在寝室打一个同学,那同学名叫黄家祥,苟军为什么打他,桂平昌并不知晓,他回寝室的时候,见黄家祥拿着块砖头,站在两排通铺的过道上,跟苟军对峙。这让他极为振奋。在场的有十来个同学,个个都很振奋。苟军打人,历来都是任他打,打过后悄悄暗算他,谁敢当面跟他对峙?苟军与黄家祥相隔两米左右,他对黄家祥说：

"放了，你把砖头放了！"

黄家祥不放，他又说：

"放了，放了我就不打你！"

连说三声，黄家祥就放了。然而，砖头刚离手，苟军双手往铺上一搭，飞起来踹向黄家祥。也不知是地板上太润清，他蹬腿时打了滑，还是他没跟何屠户把功夫练到家，手臂劲道不足，他的脚没踹到黄家祥，自己却摔到地上。

"嗒！"倒得四仰八叉。

心里乐呀！

桂平昌心里乐呀！

事情过去很久，桂平昌想起来，感觉还美滋滋的。那天苟军爬起来后，把黄家祥打得口鼻流血，耳朵也流血，可这与他桂平昌有什么关系？桂平昌只注意到苟军长条条摔在地上的样子，那样子能吃，能喝，比蜜还甜。

包括此前此后，苟军的衣服鞋子被扔进臭水沟，枕头也被扔进臭水沟，他都像喝蜜一样的甜。有天午后，只有他和一个名叫孙久辉的同学在寝室，孙久辉先去门口张望了，回过身拿上苟军脱在床上的外衣，反背着手朝门口走，大半个身子隐在门里，只伸出头到处看，看了不下五分钟，外面并没有什么动静，他却又拿着衣服回来，放在了苟军床上。为此，桂平昌还很不舒服，像吃了苍蝇。

可是他那天夜里说的是,苟军遭到暗算,他只高兴了一下,就像灯泡亮一下就断了钨丝,然后就为苟军难过,难过得那一点高兴也成了难过。

这不是事实。

事实是,苟军被暗算,让桂平昌高兴了很长时间。有时还高兴得发抖。

念书那阵,苟军确实没欺负过他,他为什么那么希望苟军背时?是为同学们打抱不平么?桂平昌再欺心,也知道不是。

真正的原因,是苟军伤害过他。

那是幼小时候的事情了,那时候苟军没欺负他,却伤害了他。

苟军嘴里的油腥气,伤得他千疮百孔!

——我天天挨饿,很多时候还顿顿挨饿,饿得在梦里面哭,就像堂妹小翠一样,在我们悄悄喝南瓜糊糊的那个夜晚,在梦里面哭,每哭一声都是一个"饿"字。而你苟军不挨饿。不仅不挨饿,嘴里还冒油腥气。你嘴里的油腥气就像刀子。我故意跟你钻进同一个草垛藏猫,闻你的油腥气,同时也饮下了刀子。油腥气是软的,刀子是硬的,硬而锋利,在我的肠肝肚肺里划拉。油腥气吸进去就呼出来了,刀子却留在了那里,长长久久地留在那里。后来我不挨饿了,嘴里也能冒油腥气了,但那把刀子并没化成屎尿,它还是留在那里,还是朝我划拉。

这些事,你苟军知道吗?

苟军多半不知道。

苟军觉得，自己不挨饿，还能吃上油腥，都是理所当然的。

不知者无罪，这像是句古话，古话能流传到今天，应该有它的道理。但也要看是谁的道理。皇帝听说国中到处是饿死的百姓，奇怪他们既然没饭吃，为什么不喝肉粥？那个皇帝也确实不知道百姓是怎样在过日子，怎样在卖儿卖女地苦熬，难道他因此就没有罪吗？当满地界平民为买间房子住，要付出几辈人的辛劳，你却在宣称不花五六百元就吃不上一顿早饭，难道仅仅是无知吗？

桂平昌觉得，苟军不是无知，苟军是有罪。

"理所当然"，许多时候本身就是罪。

理所当然地不挨饿，理所当然地吃油腥，也就可以理所当然地欺负人。

这当中没有递进关系，就是自然而然的关系。

桂平昌偶尔也会想，苟军后来欺负他，很可能与那次在寝室的遭遇有关。那次苟军从地上爬起来，打黄家祥之前，飞快地瞟了一眼在场的人，桂平昌明显感觉到，苟军的目光在他脸上停留的时间要长些，要重些，要狠些。作为同村人，还是住在同一个院子的，他不该看到苟军的窘迫相。

看到了是他的错误，是他对不起苟军的地方。更不该在苟军看向他时，他那么不警觉，竟让兴奋在脸上暴露无遗。

这一点，桂平昌是认的。

"可是,你欺负我,打我跟陈国秀,也就算了,你为啥要骑在陈国秀的肚皮上,身子伏得那么低,还把手往她奶子上碰?"

说不定还碰了别的地方。

这是桂平昌心里的结。死结。他软弱,软弱得丢了自尊,但并非他就没有自尊。那句问话,他问过无数回了。此刻,跟白骨一起躺在山洞里,又再问一回。

可他还是只在心里问,并没说出声来给白骨听。

说出来也是他的耻辱。

平心而论,苟军不是色鬼。他活着的时候,村子里除了夏青,还有好几个单身女人,包括后来去镇上跟孙剃头的儿子勾搭的郑兴梅,她们的男人在外地打工,长年不回,苟军要是色鬼,还不去裹?别的女人难上手,估计郑兴梅好上,但苟军从不做那种事,他自己没女人,他就饿,反正不做那种事。

在千河口,到目前还没有哪个男人做那种事。

当然,让张大孀孤独一生的那个男人除外——如果他是千河口人。他是吗?大家觉得多半是。那些年,千河口的眼睛都带着钩子,想把那个人钩出来。每一个男人都被怀疑,每一个男人都成了诱奸犯,因而男人们都不敢高声大气说话,不敢跟妇女开玩笑。直到桂平昌他们出生,张大孀的上辈和同辈人,一个挨一个地老了、死了,千河口的男人才有了男人的样子,村庄才有了村庄的样子。

但究竟说来,那个人是不是千河口人,还说不定。后来的张大孃，当年的张学珍，虽然没上过街，却是从十来岁起，就在山林里穿行，当时老君山共有三个村，除了千河口和陈家湾，还有望鼓楼，也就是吴兴贵买牛的那个村子，山林有界，人迹无界，就像山下的清溪河，从这个镇流到那个镇，你说是有界的，可水心里没有界。谁知道是在哪一片林子里，张学珍和那个人相遇了，而且爱上了。她打死不说出那个人的名字，用姑娘的名誉和一生的孤单，去护卫那个名字，并且一无所求，证明她是多么爱他，简直石破天惊。由此看来，并非所有秘密都会把人引向狭窄和阴暗，世间的有些秘密，放在心里，就是放着一盏灯。

那个被爱着的人，有福了。

在桂平昌眼里，千河口没有那样的男人。

也没有哪个男人去做"那种事"。

可苟军偏偏对陈国秀做了！要是那天秋华回得迟些呢？

苟军那样做，是故意针对他桂平昌来的，还是一时兴起？

这是一个问题，但不是关键问题。

关键问题是陈国秀不叫不嚷，起来还打了苟军一耳光。

在桂平昌看来，陈国秀打那一耳光，跟苟军骑在陈国秀肚皮上，还伸手去碰陈国秀的奶子，属于同等性质。他因此恨陈国秀，觉得陈国秀不要脸。他甚至觉得，许多时候，陈国秀去问苟军要理，不是真要理，而是要苟军打她。

陈国秀可是他桂平昌的亲人啦！

她未必不知道自己去让苟军打，会让亲人痛？

她不要脸,还不顾惜亲人痛,他因此恨她。

可要真恨,又恨不起来。

于是他把对陈国秀的恨,挖一条沟渠,暗暗引开,合流到对苟军的恨里。

但恨苟军又有什么意义呢?

他都成一架白骨了!

五四

这架白骨有血有肉的时候,也不是一点没有好处。他对父母有孝心,对师傅也有孝心,他师傅何屠户死的时候,他还去他灵前磕头作揖,披麻戴孝。他最大的好处,是对孩子不错。他和他父母不同,他父母自从听说孙月芹去跟别人生了孩子,见到村里任何人的孩子,都黑脸冻嘴,苟军不这样。自己不能让女人生孩子,他反而对别人家的孩子更亲。可桂平昌没想到他对桂家的儿女也亲,儿女给他打招呼,叫他"军爸爸",他答应得又快又热络。曾经,桂平昌特别担心他对自己孩子下手,甚至下毒手,千河口到处是高岩陡坎,真下了毒手,你连个信儿都不知道。结果他不仅没那样做,还要听秋月和秋华的劝。

想到这里,桂平昌侧过身,一把将白骨抱住了。

"苟军哪,我的兄弟呀,"他呼喊着说,"你晓不晓得,好些天来,我天天来凉水井,就是想多陪陪你。你死在我手上,其实我哪舍得杀你呀！"

呼喊声在洞子里碰来碰去，碰得头晕眼花，才终于找到出路，从洞口飞了出去。飞出去的只是声音，不再是话，破碎地"哇哇"几声，就消失了。

正是声音的消失，引起桂平昌的警觉。

听进山买树的城里人说，他们有回去县城以西的千峰大峡谷，走到一条狭窄的干沟，突然碰到两支军队，呐喊声、砍杀声、怒吼声、悲鸣声，震彻谷地。只有声音，见不到人，却吓得个个趴倒在地，面如土色。以为趴了十天半月，待声音过去，才发现只有一分钟，甚至只有半分钟。但他们眼里的世界，已不是一分钟或者半分钟之前的世界了，以前是真实的世界，现在是世界的幻影。这成为他们深入骨髓的病。他们把自己的所闻，报告给县里，县里先是不信，然后信了，并大肆渲染，因为千峰大峡谷是本县着力打造的旅游景区，他们说：在峡谷深处的弯月沟，能听见远古巴人和秦兵死战的盛大场面。但出于为游客考虑，加了条注：古战场上喊声震天，阴风扫面，血腥扑鼻，胆小者请慎重前往。

两千多年前的声音竟没有消失。

这么说来，世上没有什么会消失。

它们只是表面上消失。

但对桂平昌来说，两千多年实在过于漫长，漫长得虚假。他只关心他的声音现在是否消失。他放开白骨，蹑手蹑脚地走到洞口。

外面没有他的声音,也没有人。

声音听不见,有没有人却很难说。所谓没有人,只是针对他的视线范围而言。他只能看见前方和左右,看不见后方。后方就是上方。上方不是曾经多出来一笼红军果吗?尽管很可能是有人无意中扔下的,可万一不是无意而是故意呢?故意扔在那里,给杀人者明示:我来过了,我知道这里的秘密了。

桂平昌浑身冰凉。

他本来还可以想得更多一些,比如,那个丢下刺木的人,会不会跟他种马儿芯和牛马藤一样,是为了掩盖秘密?但他的思路不会朝那方面去。帮他掩盖的,只能是他的亲人,父母亲过世了,儿女也去了远方,他身边的亲人,只有陈国秀,而陈国秀还认为自己是他的亲人吗?——何况她什么都不知道。

他无所作为地让自己的身体凉下去,凉成了冷,冷成了冰,像这不是秋天,而是数九寒冬。

最好是离开算了。

但这时候是不能离开的。

再等一等,等那个可能存在的人离开了他再离开。

于是他又回到白骨身边,坐下来。

"躺下呀!"白骨说。

他又躺下了。

而且像开始一样,抱住了白骨。

"能不这样吗?"白骨很不乐意,"你弄得我周身冷透了。"

桂平昌这才知道,自己的身体比白骨还冷。

但他的手并没从白骨身上放下来,他实在需要白骨给予他的温暖。

"村子里人那么少了,"片刻的沉默后,桂平昌又说开了,说得很小声,像是对白骨耳语,"只剩七家了。很快就只剩五家了,蒲传进跟许文都,街上的房子都装修好了,只等走走气味,就搬去了。他们走过后,说是还剩五家,扳起指头数数,也就七个人。单数不成席,全村人加在一起,连一个席桌也凑不上。如果你在,就有八个人,就是双数了,就能凑成一桌席了。可是你不在了!"

白骨发出模糊的声响。

"你记得符志刚的儿子小栓吧,"桂平昌继续说,"他老是病恹恹的,后来病情好转,也打工去了,过些日子,父子俩很可能拢着钱回来,去镇上买房子,那样夏青也就走了。还有李奎,你不晓得,李奎鬼迷心窍,在苏州偷电缆,判了十年牢,现在已坐了七年多,那天听李成说,他发明了个家伙,减了刑,一两年过后,就能出来了。李奎比他爸还精灵,只要走正道,赚钱不是难事,把钱挣到手,他就会像刘志康那样,把爹妈搂走。虽然李成说不想离开千河口,但李成那人是把握不准的。要是夏青走了,李成跟邱菊花也走了,就只剩四个人了。"

"你说的这些人,我都不认识。"白骨说。

桂平昌很伤心。是为死亡本身伤心。死了就是死了,这没什么好说的,死了就进入茫茫万古,把生前的人事都忘了。

但他还记得我,桂平昌想,还知道我到洞子里来过。这证明他恨我。人最不会忘记的就是恨,死了也不忘。

还有很多话桂平昌想说,可是他说不下去了。他只是在心里说:

"杨浪肯定不会走。吴兴贵跟陶玉两口子,大概也不会走。我呢,我也不走。可是陈国秀走不走,就说不定了。听贞强说,他们那边的农民工子弟学校,越办越缩水,很可能再办一两年就会垮,进地方学校又难,到他女儿上学的时候,怕是只好送回镇上读书;如果是那样,陈国秀就必须去镇上照顾,就是一定要走的。陈国秀走了,就只剩三个人了,又是单数了。"

他把白骨抱得更紧些,心里默默地流着泪,默默地继续述说:

"苟军哪,我的兄弟呀,如果你没死,就还是双数,可是你死了!再过些年辰,我跟吴兴贵会死的。陶玉年轻些,可也见老了,她是点燃的鱼蜡,我们死后,她也明不了多久。杨浪那东西跟陶玉年龄差不多,但他这辈子耍得好,身子骨磨损得少,兴许要活得长些。幸亏有那东西活着,他活着,村子也会跟着在他的声音里活着。但他终归是要死的……他死了,千河口就不存在了!"

最后这一句,桂平昌是说出声来的,虽说得小声,却撕心裂肺。

白骨一声儿也没言语。

洞外,秋风追着秋风。

五五

"你好长时间没赶过场了,"陈国秀对桂平昌说,"今天去不去?你不去算了,我一个人去就是。我去把房子打扫一下。"

桂平昌"唔"了一声,陈国秀就走了。

望着妻子走下院坝的背影,桂平昌想,她的心已经不在千河口了。这些日子,她恨不得每天都是赶场天。上一场,她上街把他这几个月挖的山货卖掉后,去打扫了房子,哪用得着又去打扫?那不过是个借口。他本以为要等到贞强把女儿送回镇上读书,陈国秀才会离开,现在看来用不着等那么久。

自从卖了今年的新米,陈国秀就不再像先前那样,逼着他跟她一同赶场,每次出门前,她会问他一声,但每次都是他还没答言,她就帮他答了,而且前脚已经跨出一步了。这证明她是多么迫不及待。

不逼他有事无事上街,让桂平昌喜欢,但这也更叫他明白,对有些东西，妻子已经不在乎了，她人还没走，心已经走了，心走了，人迟早会走。看样子很快就会走。随她去吧，桂平昌想。他这样想一点也没有负气的意思。那只是意料之中的事情。对他本人而言，最揪心的问题已经解决。

陈国秀不逼他去，或许不是他想的那样，而是因为桂平昌近来变得特别有主见了。喝酒的时候，你叫他喝半杯，他必然喝一杯，你反过来叫他喝一杯，他偏又只喝半杯，即使那杯酒已经斟满，你那样说了，他也往胶壶里倒半杯回去。上山干活，你怕他摔跤，叫他穿布鞋把滑，他偏要穿胶鞋，你叫他穿胶鞋防稀，他又穿布鞋……赶场本来是件快乐的事情，不背重物下山，只空着手上街转转，更快乐（有重东西背，桂平昌会自觉地去），你逼他去，别说逼不去，就是逼去了，一路气鼓气胀的，烧心，那快乐就烧尽了，一点也没有了。

所以陈国秀宁愿独自上街。

她确实日胜一日地不能忍受村子的空了。这一点桂平昌想得没错。她自己空，需要东西填，结果填进去的跟她一样空。她曾经觉得冷场天的街道很荒凉，但街道再荒凉，也是街道，也有几大千人口，且会越来越多；即便冷场天，茶馆里也热气腾腾，家家店铺也都开着，需要个啥，随时就能买到。山里的生活是挖井找水的生活，而街上的生活如同水管，龙头一拧，水就来了。

陈国秀也没想过马上就去街上住，她只是向往那种水管里的生活。

但她说去打扫房子,却也不是借口,是真需要打扫。镇上到处是工地,整个镇子就是一个大工地,屋里几天不扫,就一踩一个脚印,一摸一个手印,贴墙吹口气,墙上就是一个嘴巴印。门窗关得紧严,灰尘是怎么进来的?陈国秀总是迷糊,觉得儿女的房子里也是个工地,有许多看不见的人,在这里拆墙挖土。

五六

跟往回赶场一样,陈国秀这天也是天黑透了才回来。

桂平昌早把饭做好,等着她。

坐上桌子,端上碗,陈国秀却老半天不动筷子。

那是累的。别说上了岁数,年轻人去来一趟,也会累得不想吃饭,不想说话。

可陈国秀恰恰有话要说。

她把饭碗放下,喝了一勺子汤,又喝了一勺子汤,才开了口。

"我今天碰到两个人。"她说。

"村里的?"

当然是村里的——村里从外面回来的。

"先碰到许宝才,他回镇上买房子,一买就是精装房,还带全套家具,钱一交就住进去了,连村子也不回了。他说在镇上住两天就走。人家现在当老板了，忙。"

当不当老板，桂平昌并不十分在意。

在千河口，已经出过杨峰和刘志康那样的大老板了。

其实陈国秀要说的，也不是许宝才买房子和当了老板，而是说：当了老板的许宝才，有回带着他手下的十多个工人，去上海某个地方耍，无意中看见了符志刚，符志刚也在那里耍，但不是符志刚一个人在那里耍，还有他婆娘和儿子跟着他耍。

"乱球说！"桂平昌磕着碗沿，把粘在筷子上的一根菜须子磕掉，"夏青啥时候离开过？"

"夏青是没离开过呀。"陈国秀说。

"那……"

"符志刚的婆娘不一定是夏青啊。"

桂平昌越发糊涂了。符志刚的婆娘明明就是夏青，怎么"不一定"是夏青？

"他又找了个婆娘。"

就是说，夏青还是他的婆娘，但他在外面又找了个婆娘。

一个家婆娘，一个野婆娘。

"那小栓呢？小栓也认？"

"小栓根本就不晓得。"

"你不是说还有符志刚的儿子吗？"

"他跟那个婆娘生的未必就不是他儿子？听说那个儿子有四五岁了。"

桂平昌这下明白了。他默默地吃着饭，像吃着苦胆。

很可能，夏青早就知道了这件事。难怪她心里不做主。

"我还碰到个人，你猜是哪个？"

妻子这么兴奋，这么多话说，长长久久以来，还是头一回。桂平昌很珍惜，便努力跟随妻子的心情，老老实实地猜。

可猜了好几个，陈国秀都玄乎乎地摇头。

那肯定就是杨峰了。前三四年，镇子想朝对河的罗家坝半岛发展，挖机从桥上开过去，第一天就挖出许多瓶瓶罐罐，还有剑、匕首、圆弧钺、回首弧刃刀等兵器，工立即停了，省里来专家鉴定，竟是战国遗物。进而勘测发掘，结果整个半岛都是遗址：古巴人遗址。不是普普通通的巴人部落，而是巴国国都。今年，县里、市里和省里都在大力宣传，正在申报国家级文物保护单位，县里也在积极筹建博物馆，多半是差钱，想请杨峰掏腰包。杨峰再不认家乡，可他既然在省城修了恐龙博物馆，家乡要修个巴人博物馆，找他赞助，他该也不好拒绝；再说这次找他的，不是村支书，而是县领导。如果杨峰回了县里，很可能顺便回镇上看看。他也该回镇上看看，让他投钱，总要知道钱是投进了哪个窟窿。

可桂平昌把杨峰的名字说出来，陈国秀又摇头。

桂平昌猜不出来了。他一边继续想，一边端起酒杯，吱吱有声地咂。

正这时，院子那边传来刮刮杂杂的声音，像是在扔什么东西。那是吴兴贵家。正如桂平昌预料的那样,吴兴贵基本上不再唱歌了,而且突然老了许多,走路慢吞吞的,看人时眼神也惊风活扯的。听李成说,陶玉那边的娃儿在满河流打听她的落脚地,说不准啥时候,就会找过来。算起来,她娃儿该有二十大几了,甚至上三十岁了。真是那样的话,吴兴贵的日子怕是不会好过。

桂平昌问是不是陶玉的娃儿。

"啥呀!"陈国秀脖子一扭,"我又认不得她娃儿!"

桂平昌真猜不出来了。

"是苟军。"陈国秀说。

杯子还端在桂平昌手上,打滑,砰的一声落在桌上。

半杯酒打着旋子倾出来。

陈国秀白他一眼,又白了他一眼,然后为他把杯子放正,并帮他倒了半杯,才讲起她如何碰到了苟军。

上街后,陈国秀在邮局外面看到几个千河口人,那几个人围住许宝才说话,她也凑上去,听许宝才讲了符志刚,又讲了些别的。然后她去了儿女的房子。姐弟三人买在同一幢楼,分别在二、四、五层,她自上而下打扫完毕,开着电视,去上街下街老街新街转悠。

走到超市门外,遇到原先老二房的马绢。自从住到镇上,马绢就不大理会老家人,可这天她把陈国秀拉到街角,摆了好一阵龙门阵。摆的都是千河口的人事。说张顺差不多成讨口子了,听说要卖房子了。老婆怄死过后,张顺又找了个老伴,可那老婆婆鬼精灵，不跟他结婚，只剐他的钱，他儿子遇车祸的赔款，绝大部分都被儿媳拿走了，分给张顺的只有四万，还要吃要喝，经得起几剐？那老婆婆剐干他的钱，就搬了出去。庹传昆两口子真的离了，但还住在一个套房里，只是各开各的伙，各睡各的床。郑兴梅被闹了那一场，她男人还回来下死手打了她一顿，她却并没变得安分起来，跟孙剃头的儿子是断了，却又跟何屠户——苟军师傅的孙子——扯不清。马绢神神秘秘地说了半个多钟头，陈国秀又才回到儿女的房子，关了电视，锁了门窗，下楼来吃点心。

就在吃点心的时候，她看到了苟军。

苟军正是跟庹传昆一起，说着话，从那家食店门前路过。

听到庹传昆的声音，陈国秀抬起头。

这一抬头，她浑身的骨头收得咯吱一声。

人已经走过去了，但她看到了侧影。

她不相信，等他们走了一段，跑出去望。

那一头鬈发，那肥大的屁股，还有走路时微微前倾的姿势……

"你认错了！"桂平昌说。

"他化成灰我也认得！"

"我说你认错了就是认错了！"

陈国秀白他一眼：

"我吃了点心出来，庹传昆从那条路转来了。他说你晓得不，苟军回来了，我才把他领到银行去了。以前说他去了塞拉利昂，屁，人家是去了广东，后来又去了澳门，在一家赌场当保安，当得好，又对老板忠心，老板提携他，让他挣了不少钱呢。"

"庹传昆也认错了……大白天说鬼话！"

"这是晚上，不是白天，白天说鬼话，晚上该是说人话吧？"

桂平昌把半杯酒一饮而尽，即刻脸膛发紫。

陈国秀说：

"你喝多了，莫喝了。"

这回桂平昌没拿出他的主见，没像以往那样听了这话又往杯子里倒。

他只是右手压住杯口，硬僵僵的。

陈国秀刨了两口饭，又才说下去：苟军是从县城包快艇回镇上的，庹传昆在码头旁边挖地（离婚过后他不打牌了，码头旁边有块荒地，他去挖出来种白菜，可能是想表现好些，跟老婆复婚），苟军一下船，他就把他认出来了。十几年过去，苟军像一点没变。但也不是啥都没变。庹传昆叫他，他愣了一下，连忙跑上石梯，又从石梯下到荒地，给庹传昆摸纸烟。说他这次回来，是想跟镇上谈个项目，就是在罗家坝搞巴人文化旅游区，修农家乐。等他把项目谈妥，就回村子看看。然后他问镇上的银行在哪里，庹传昆说，我领你去……

陈国秀就说到这里。

还有句话她没说：苟军特地向庹传昆问到她，问她过得好不好。

那天夜里,桂平昌一分钟也没眨眼。

苟军不是被我杀了吗?

苟军不是变成白骨了吗?

苟军的白骨我不是见过两次了吗?

不,是三次!陈国秀去找鲁凯弄药那天,白骨找到我家里来了,加起来是三次!

五七

天没亮明白,桂平昌去了凉水井,再次钻进了那个洞子。

洞子还在,白骨却没有了。

白骨像是从来就没存在过。

附录一

与这个故事有关的另一个故事

我知道人们都把我看成十恶不赦的人。从秋分那天起,全国数十家电视台,就陆续播放公安干警在芦苇荡里抓捕我的全过程,我因此成了名人,罪恶仿佛也随之放大。这怪不了别人,只能怪我自己。念大学的时候,我读的是哲学系,我曾经反复理解下面这句话:一个人从出生到死亡这段时间里发生的每件事情,都是由他自己事先安排好的。当时我理解不了,现在是彻底理解了。

遗憾的是,理解了刚好半个钟头,我就死了。

六天前,我的尸体平摊在紧邻河湾的芦苇丛中,头部浸在水里,身上糊满了黄褐色的、散发出腥臭的淤泥,一尾刚刚获生的鲫鱼在我张开的嘴唇边游动,我太阳穴上的那个枪眼,血缕子蛛丝一样吐出来,漂浮于水面,为鱼提供充足的、也可能是罪恶的营养。我生怕那尾最后信任我的可爱生灵弃我而去,以残存的游魂对它说:你就尽管放开肚皮,把我的血喝干吧;不过要抓紧时间,因为干警们已经围过来了。

今天，我当然早已被火化，然而对生的留念让我始终不想远离这个生机勃勃的世界。从读小学开始，我就有记日记的习惯，这证明我很珍惜自己。珍惜自己的人都希望别人聆听他的故事。此刻，我要向活着的人们讲述我的故事。我只是一个小人物，枝枝叶叶地讲完我的一生显然太过无聊，但如果把它浓缩进我生命中的最后半小时，说不定就值得一听。

如前所述，我躲藏在秋天深密的芦苇荡里。我在这里已经藏了十八天，之所以能活下来，是因为河湾延伸过来的水域只占据了一小片，绝大部分是干坡，我在干坡上睡觉，同时也等待命运的判决，饿了，就去水里抓鱼。鱼都不大，但成群结队，与穿梭其间的水蛇和难以计数的微生物生活在一起。这景象让我想起唐朝的长安，书上用"马挨马耳人挨肩"来形容长城的繁盛，我则从这句话里嗅到了生命的气息。我怀念那些我未曾经历过的日子，不管是在远古，还是在将来。我不能抓水蛇，不是胆怯；杀人之前我性格懦弱，一旦开了杀戒，胆怯就成为我的弱项，我不抓水蛇是因为我没有火（也不能生火）将它们烧熟。我只能抓鱼，鱼可以生吃。尽管我爱它们，但我曾经是哲学系的高才生，知道活着就意味着剥夺，知道这个世界的实质，就是用你爱的或爱你的来维系自己的生存。

我身上带着刀，把鱼抓起来后，用刀挑开肚皮，去掉鳞甲和脏腑，就放进嘴里嚼。除了刀，我还有一把仿真手枪。我是某市政府部门的职员，不该拥有手枪，哪怕是仿真手枪。这是从我朋友那里偷来的。

我用这把枪结果了我的妻子和我的上司。

因为我妻子和我上司通奸。

第一次发现他们的奸情，是在我出远差回来。那天妻子把我上司带进了家里。我听见自己满身骨头响，但什么话也没说。当天夜里，妻子一边让我跟她做爱一边好言安慰我，我还恬不知耻地哭了。妻子把我的哭当成了默许，和我上司一道，踩在我软弱的脊背上蹦跶。妻子从我上司那里是否得到了金钱，我不知道，但金项链是有的，好几条，或细如触须，或粗如狗链，还有香水，正宗法国货，还有皮大衣，还有全套束身内衣裤，还有一台卡瓦依牌钢琴。

他们也没忘记我，除了辛辛苦苦地为我编织绿帽子，还不断给我带来好烟好酒，虽然我从未动过那些价格烧心的玩意儿，却还是不断送来。而且，上司还提拔了我，他力排众议，让我当上了办公室主任。这可是正科级。我没当过副科，因此是破格录用。任命文件下来的第五天，我确定上司又去了我家，我就故作轻松地去一个朋友家走动，他是个枪械爱好者，从网上购零部件，自己组装，并用钢珠做试验。试验出的威力让人恐惧——足以射杀一头牛。但于我的需要而言，这正好。我本来可以找他借，可你平白无故借那东西干什么？再说，既然决心已定，又何必在这世间多费口水？于是趁他上厕所的时候，我偷走了其中一把手枪,同时抓走了一把钢珠,数一数,十粒。其实要不了这么多。

我跑到家门口,让呼吸稳定下来,再轻手轻脚开了门,听见妻子和我上司正在浴缸里泡澡,我冲进去,结果了他们。我给了我上司两枪,给了我妻子一枪,他们奇怪地瞪了我几秒钟,才把头仰后去,重重地砸在浴缸的沿口上。

我不知道公安是通过什么手段弄清了我的下落。我已经远离了城市,几经辗转,才来到这片人烟稀少的河湾。估计是附近的渔民不经意间发现了我。城里和乡村都张贴着印有我头像的通缉令,而我高凸的前额、深陷的眼窝,与文明时代的人有着明显区别,一只鸟也能辨识我的身份,别说从鸟类进化过来的人。也可能是来过无人机?我不知道,我已经很长时间没望过天空了。

不过这些都不用去管。

我现在是插翅难逃。

他们人数众多,看上去有几十号人,都荷枪实弹,缓慢而坚实地从四面八方围上来。其中一个身材魁梧的家伙还拉着一条警犬。警犬大概许久没参加过这样的战斗,异常兴奋,黧黑的身影在芦苇丛中波浪般起伏。

这场景带给我难以言传的悲哀。

我是一个丧心病狂的暴徒吗?我认为我不是,杀死妻子和我上司,是因为他们明目张胆地通奸,上司还用提拔我的方式来侮辱我。我不会给他们之外的任何人带来威胁，更不可能给警察带来威胁。

可是现在，我突然变得这么重要！

一个小人物突然变得重要起来，就是背着沙袋生活，顶着石头生活。

芦苇荡很大，我处在接近正中的位置，因此警察与我还有一段距离。为了看到他们的动向，我把一块圆柱形石头竖起来，然后坐上去，这样，我的头就略高于苇尖（却低于必将来临的乌云和雷阵）。风起处，雪白的芦苇花向远处流淌，像奔跑起来的秋天。我只有二十八岁，我的头发是黑的，然而，除了天上的苍鹰，再锐利的人眼，也难以从白茫茫的大地上发现那点微不足道的黑。可他们就是冲着这点黑来的，他们要剪除这点黑，让芦苇地纯洁无瑕。

把目光投向远处，我看见许许多多围观的农人，还看到一个穿着警服的人在不停地喊叫。他是在提醒围观者不要靠得太近，或者是在指挥他的部下。我想听到他的话，然而，风声吹着芦苇的响笛，他的声音也成了风。

几分钟前才突然刮起的风啊，你到底是在欢呼呐喊，还是在为我这个可怜虫感叹？我听不出来。我不知道。但毫无疑问，今天我插翅难逃，这里将成为我的葬身之地，即使不被当场击毙，也必将在此没收我的自由，没收我残存的、有意义的生命。这本是一片没有栅栏的地界啊！我以为逃出钢筋混凝土构筑的城市，就能冲出我命运的迷宫,哪想到没有栅栏却成了最密集也最牢固的栅栏。我是学哲学的,本应该想到这一点,但是我没有想到。

警察们用枪支分开芦苇,两人一组或三人一组,把越来越大的空间扔在身后。他们是神圣的,因为他们是来剿灭白浪之中的一点黑。

我终于明白大河里的鱼是怎样落网的了。我的老家也在一处开阔的河湾上,父亲就是渔民,三岁的时候,我就坐在父亲那条梭形驳船上,跟他去河心撒网。父亲只穿一条红内裤,前胸至脚脖处,被一块银光闪闪的塑料布遮挡得严严实实,我只能从后面看他赤裸的脊背,特别是那两条深褐色的腿,常年的水上作业,使父亲的腿上长不出一根汗毛,一棱一棱不规则的线条,与其说是肌肉,不如说是被生活磨出的老茧,是父亲呈现给我的活着的伤疤。

不知怎么,我总觉得父亲的两条腿是两段早已枯死的肉。他沉默着,站在船尖子上,网坠子在船舱里叮叮当当一阵碰响,父亲就把网抛出去了。那面平坦的、美丽的圆,在鳞光莹莹的河面划定自己的势力范围,并很快收缩为口袋。父亲并不急,他让口袋自行扎紧,还把手里的网绳松两圈,再弓了腰提起来。鱼们把船板弄出颇具质感的响声。这响声带给父亲幸福的感觉,也可能是辛酸的感觉,我说不准,因为父亲依然不说一句话,只蹲下去,用没有指甲的手(他的指甲被水咬光了)把鱼捡出来,扔进我身边的木桶。鱼弄出的响声,鱼身上的气味,还有鱼们优美的身姿,都给父亲提供这样一些信息:为妻儿买好吃、好穿的,让儿子今后脱离这片水域,不再受风吹日晒之苦……

可我那时候没心没肺,看着在木桶里安详深陷的鱼,我就想,鱼啊,大河比木桶深一万倍,你当时为什么不钻下去逃走?

现在我明白了,大河再深,鱼也只能生活在自己的世界。

正如此时此刻,地球这么深,我却不能钻下去逃走一样。

芦苇摇荡。芦苇庄严地发出声响,仿佛在呼唤农人将它们搬回村庄。在我故乡的河湾,也有一片芦苇地,远没有这么大,但同样深梢密集,如紧紧抱成一团的云——在阳光下,在风声里。它的萧索与繁茂,在大人们眼中无关紧要,因此常常把它遗忘。五月,农人们把成熟的麦地搬进村庄,八月,农人们把喷香的稻田搬进村庄,除鱼们产卵期的所有季节,农人们还把丰收的大河搬进村庄,可谁也不理睬芦苇地:用来编席,嫌它不够多,它因此没有资格参与人类的生活,花开花谢,自生自灭。它似乎是孤独的。孤独得割人。

不过,当我和几个小伙伴第一次深入到它的腹地,我就再不那么认为了。站在芦苇地十米之外也听不到的鸟鸣,这时候却如溪水跳过布满卵石的大沟,或如银灰色的雨点洒落在干净的河面。这是一种新的声音,是大地的呼吸。未经污染的泥土的芳香,混合着草梗和草叶的甜酸,热烘烘地朝鼻子里扑。河水浸漫过来的腥味，冰粒子一样扎入我的毛孔，报告着水世界的奇异和恐怖。昆虫穿着青绿色或米黄色的衣服，在肥沃的土地上爬行，高兴了，就把身体倒挂在草叶上，不无满足和骄矜地荡着秋千。还有那些鸟蛋，纯红色的，暗灰之中织着亮黄花纹的，天青为底白绫为衬的……生命在出生之前，就是如此斑斓。

芦苇荡曾经是我的乐园，是我短短一生中最深最痛的怀念。对芦苇荡的怀念，也是对我幼年的怀念，对我父亲的怀念，如果死在芦苇荡里，也没什么可惜的了。

只是对不起我的父亲啊！

远方的父亲，一定在为我祝福。

父亲是沉默惯的，他就用沉默为我祝福。

我对不起我的父亲，更对不起我的伯父。五岁那年，我就进了伯父的家，受着他的养育。父母都不能养育我了，他们都去了没有方向的远方。那时候伯母还在，但很快就病逝了，伯父却一直没有续弦，他怕后母对他儿子不好（他儿子比我大两岁），也对我不好，就独自撑持。我能念书，他就供我上了大学。不上四十岁时，伯父的头发就已经花白。我领到大学录取通知书那天，他请了一桌酒席，客人们对他说：你到底熬出了头。客人都知道我不是他的亲儿子，但都把我当成他的亲儿子。伯父不言声，但他心底里泛上来的激动，我看见了。

前年，在我和妻子结婚的前夕，伯父到我工作和生活的城市来了，这是他一生中首次进城，但他在城里只待了一天半，又急匆匆地赶回了千余公里外的老家。他离不开他的土地，离不开那条河。他只在青草葱翠的河畔，等着两个儿子的好消息。他的亲生儿子，也就是我堂哥，老老实实地待在浙江的建筑工地上，老老实实地挣钱，没有更多的好消息给他，但让他踏实。而我，以为可以给他惊喜，不断地给他惊喜，结果却成了杀人犯，逃亡在这茫茫芦海里。

我落到今天这一步，伯父一点也不知情。

当然，说不定他早就知道了。尽管他不看电视，也不会看手机上的消息——这时候，我真想看看手机上关于我的消息，特别是消息下面的留言区，看人们是怎样在评价我。但是我没有手机了，偷走朋友的枪，溜出朋友的屋子，我就把手机扔进了楼下的小河——可警察难道不上我老家去追寻我的踪迹？

警察上门，伯父就什么都知道了。

不知道还好，要是知道，他还能活下去吗？

我把头举得高了一些，希望能从那些围观的百姓当中看到我伯父的身影。我没能如愿。伯父跟我父亲一样，个子矮小，身体瘦弱，即使站在人群中，也会混同于脚下的泥土。

芦苇荡里的气味太复杂，再机敏的警犬也难以从中把我的气味剥离出来，因而并没能顺利地朝我逼近。可是，他们——那些荷枪实弹的警察们，是合围而来的。我已经在劫难逃了。从正前方上来的两个警察的面孔，我已能清清楚楚地看到了。那两个警察一老一少,老的五十岁上下,少的只有二十来岁,或者十八九岁;两个人靠得很近,像一对相依为命的父子。

我的身边有把威力强大的仿真手枪,还有七粒完全可以充作子弹的钢珠,虽然我只在大学军训期间用过可怜的两次实弹枪,但这么近的距离,放倒其中一个甚至两个,绝对不成问题。我杀过两个人了,我的出路是唯一的。哲学家说,人生是一棵充满可能性的树,而我的出路是唯一的。我没有人生。既然如此,再杀死一两个人,又有什么关系呢?

当这念头一产生,我才算有些看清了自己。

我发现,警察们端着枪朝我逼来,并不是没有道理的。我曾经以为自己身上并不存在什么凶恶的野兽,我不会给我妻子和上司之外的任何人带来威胁,可现在看来是错了。以前我胆战心惊地生活,努力适应社会的秩序和规范,目的竟然是让埋藏在心底的那朵恶之花顺利地生长?

我把枪拿起来,虚着眼睛瞧着它冷冰冰的身体。阳光强烈——是的,我这时候才注意到芦苇荡里遍布着阳光的阴影,阳光照在枪身上,使之闪动着青绿色的光芒。我闻到了这光芒里寒冷的气味。这气味漠然地注视着周围的一切,包括我,包括那些警察,包括因为家园遭到入侵而扑腾乱飞的昆虫。

只有到这时候,我的悲哀才真的难以言说。我朝枪眼里哈了一口气,把它放在地上,而且用一只脚踏住,好像要消灭它身上的光芒和气味。

但是我无法消灭近两个月逃亡途中一直盘旋不去的可怕景象。

那是我妻子被枪击的景象。

我先打了我的上司，再打了我的妻子。给上司的那两枪，一枪打在他的肩部，一枪打在他的头部，给妻子的那一枪，正正中中击在了她的双乳之间，或许靠左一点，我说正正中中，很可能是花开似的血影给予我的视角误差。三声枪响十分连贯，像没有休止号的三个音符。我说过，他们都瞪了我几秒钟，他们那时候的眼神，我曾经用了"奇怪"一词，其实并不奇怪，它们的含义都十分明确，上司的意思是：小子，这到底是怎么啦？我不是让你当上主任了吗？妻子的意思则要复杂得多，她在疑惑，在怨恨，在鄙夷，同时她还在说：亲爱的，我爱你……

妻子是爱我的，这一点我知道，这一点我从不怀疑。

嫁给我之前，供她选择的人太多了，她之所以不嫁，是因为那些人只看到了她的漂亮和随和，只有我，唯有我，才看到了她内心的骄傲。妻子漂亮、随和、优雅，这都是事实，但她骨子里的骄傲才是最本质的，她的骄傲不是外恭内倨的假做作，而是一个注重精神生活的人对世俗名利的天然蔑视。她虽然不像我一样毕业于名牌大学，但我敢说，像她这样广博而智慧的女人，并不多见。

这一点只有我看到了，也只有我去认真欣赏。

因此她爱上我了。

实话说，大学刚毕业的时候，我也有着与妻子同样的骄傲，如果不是这样，她也不会嫁给我。然而结婚不久，我就陷入了无穷无尽的苦闷。

作为哲学系的高才生，我本应该成为一名观察者，本应该像康德一样躲进阁楼里，把远处大海上的航标灯当成我作息的号令，但是我没有，我去充当了一名小职员。不知从什么时候起，我内心的骄傲偷偷流走了，我希望把我上班的地方，当成可以为我自己和我的家庭带来荣誉的战场。然而，一个小职员与荣誉无缘。我把这苦恼向妻子说起，妻子问我：这种荣誉与你的幸福有关吗？我说不知道。妻子说，你是学哲学的，你应该知道。妻子还给我背诵了一段托尔斯泰的话，我愿意把那段话转达给你——我永远也无法感觉的听众：

人应该是幸福的。如果他不幸福，那是他的不是。他应该下一番功夫，消除这种迷惘或误解。主要迷惘在于一个人如果不幸福，那就免不了有许多不可解决的问题：我活在世上是为了什么？整个世界的存在又是为了什么？

我当然理解托尔斯泰，每个人都有幸福的理由，所谓不幸福，只不过是一种误解。托尔斯泰是在为我们"提醒"幸福。然而，我的眼前总是晃动着两段深褐色的、仿佛早已枯死的肉，那是父亲的双腿；总是晃动着毛茸茸的冷风以及在冷风中劳动的农人，那是我的伯父；总是晃动着狭小的房间以及房间里简陋的家具，还有在这些家具之间忙碌着的妻子，那是我现实的处境……

妻子不能化解我的苦闷，忧心忡忡地问我：那么，我能为你做些什么呢？妻子还哭了，就因为她不能为我帮上忙，可能还因为她看不透现在的我。她是带着一颗纯正的决心嫁给我的，因为当时她的父母都反对——她父母很有钱，但是说，如果她跟我结婚，就不给她一分一厘，妻子没有犹豫，依然坚定地听从了自己内心的声音。可是我带给她的，却是她以前完全陌生甚至鄙弃不置的苦闷！

而且我的苦闷在不断走向深处，回家来既不像初婚时那样跟她讨论严肃的学问，也不带她去看电影、进音乐厅，还常常朝她发无名火。

妻子流泪的时候增多了。

对她的哭泣，我从没说过一句宽心话。

我觉得她已经不是我的知音了。

一个小职员想获得地位和财富，获得梦想中的荣誉，最便捷的方法就是靠近权力，而上司是权力的代表。额头触地，才是崛起的路——这是卑微者的路，也成了我的路。但我收入不高，妻子的收入同样不高，那么我凭什么去靠近那个快上五十岁的大人物？……难道就像后来发生的事情那样，是用我的妻子？

关于这一点，你再把我打死一百次、绞死一千次，我也会说：你这是对我的污蔑，你这是血口喷人！虽然我现在不认为妻子是我的知音，但我依然是爱她的呀！从认识她至今，我从没赞美过她的漂亮，因为在我的眼里，她就是一个鲜活的人。当男人爱着一个女人的时候，那个女人就无所谓美丑，也无所谓优雅与粗俗，他只知道，这个女人是他的骨与血，是他的天与地，是他的春去秋来，是他的白天黑夜。那些动不动就炫耀自己妻子漂亮的男人，动不动就糟蹋自己妻子丑陋的男人，是因为他们没有把妻子的存在当成自己的命运。

而我，是把妻子当成我的命运啊。

我没想用妻子去靠近那个大人物，但我把那个大人物带到家里来了。

老实说，我根本没想到会这么顺利。平时，我见到他的时候并不多，几乎只在机关开职工大会时，我才有机会目睹他的尊容。我得承认，他实在算得上风流倜傥，说话干脆利索，逻辑严密，句句精彩，自他上任以来，政绩卓著，深受拥戴。我是怎么敢于在某次散会之后走到他面前跟他搭上腔的呢？

别的都忘了，只是记得，那天我走到他面前时，他以异样的目光看了我一眼，这目光里包含着的欣赏意味，壮了我的胆，我说：某某某（他已死在我的枪口之下，我不愿意在此出卖他的姓名和职位），您好。他立即握住我的手，他说你好，我早想跟你这个哲学家借点书看呢。我的书的确不少，有六千多册，念大学的时候，我可以两天不吃饭，喜欢的书却必须要买，毕业后有了收入,买的书就更多了。他是如何得知我有那么多书?是我知道他喜好读书,就故意把这消息透露出去,让别人传到他耳朵里去的吗?我已经想不起来了。

我说:您要是喜欢,空了去我家里随便选。

言毕把电话告诉了他。

两天之后是周末,上午九点他打电话说要来,我既兴奋又紧张,简直有些不知所措。妻子倒是很镇定,就像普普通通的客人要来串门似的,热情而平常。他住的地方离我家有两公里左右,却没坐专车来,也没坐出租车来,而是步行来的。他来之后,第一句话并不是赞美我的书多、书好,而是赞美我妻子的美貌。我得说良心话,他对我妻子的赞美是真诚的,很绅士的。接下来他到我的书堆前——我家里容不下大书架,只能到处堆放——蹲下去慢慢翻。他翻了近两个小时,选出来三本,就向我和我妻子道谢,准备离去。都快十二点了,我不能不留人家吃饭,我说我没能力请你去星级酒楼,去大众餐馆还是没问题的。妻子也留他。他拗不过,就说,要吃,就在你家里吃一顿行吗?

于是就这么定了。

那顿饭是我妻子做的,手艺不好不坏。

这以后,如果他周末没有公务,就来我家谈书,而且常常在我家里吃饭。

我给过妻子什么暗示和怂恿吗?好像没有。我只记得,每次在他离去之后,我都在妻子面前数落他的才干和风流倜傥……

他们终于在我出远差的时候,来我家上床了。

两人是谁把这想法挑明的,我没问过妻子。

我不敢问,我害怕知道任何一种结果。

如前所述,他给过我妻子许多东西,而且说这些东西都是他自掏腰包买来的,绝没有动用公家一分钱。他对我妻子说,用公款给情人买礼物,是一件很不体面的事情,是对情人的玷污。可是我妻子似乎并不需要那些东西,既没戴过那些首饰,也没穿过那些皮衣、洒过那些香水,当然同样没有坐到那架卡瓦依钢琴上弹过一首曲子,尽管她很喜欢弹钢琴(她念中学的时候就在市里的钢琴演奏比赛中得过二等奖),尽管她父母早年给她买的那台钢琴已经不能再弹了,她很希望换一台新的,更希望有一台属于自己的名牌钢琴,比如卡瓦依。

我拿到主任任命函那天,妻子哭了。伤心断肠地哭。她说,如果我为你做了什么,我也只能做到这一步了,我再不能这么过下去了……

她说再不能这么过下去,可为什么在我当上主任几天之后,她又和我上司赤条条地泡在我家的浴缸里?这到底是为什么?

我解不开这个谜。

我为这个谜所苦。

于是,我把他们杀了。

警察们已经预感到目标很快会出现,显得越发地警觉。警犬的哼哼声好像就在离我三四十米远的地方。我正在考虑自己会以什么样的姿态面对即将来临的覆灭，几步开外的芦苇枝突然猛烈摇动起来，而且发出噗噗的声响。

我以为自己不会恐惧了，事实上，这小小的意外却吓得我浑身哆嗦。我定睛一看——我的眼里一定布满血丝，因为我看了好几秒钟才看清楚——原来是一只雌雉鸡，正慌不择路地朝这里跑过来；雉鸡的飞行能力不强，既飞不高，也飞不快，且不能久飞，在被追击的时候，它们想到的往往不是天空，而是草莽或丛林。它显然也发现了我，华丽的羽毛微微张扬（我现在看到什么都是华丽的），小小的头前伸着，颈下那条白色环纹清晰可见。我们就这么对视了片刻，它立即掉转方向，朝另一边跑去了。紧接着闯过来的是一群野兔，恐怕有十多只，或者二三十只，一律的暗灰色，有一只兔子紧紧咬住另一只兔子的尾巴，匍匐在地，被拖着前行；我想那只野兔定是生了病，或者体质弱小，奔跑不及，才这么被救助，那个救助者是以母亲的身份还是以丈夫的身份？

它们，都是这片土地上最古老的居民，类同于飒飒的木叶，在我到来之前，它们在这富饶的家园里儿孙满堂，安居乐业，正是因为我的出现，才害得它们这般惊慌失措。我挥了挥手，让那些和雉鸡一样惊呆着的野兔赶快逃走。

然后我再次把脚底下的枪拾起来。

我的末日马上就到了。我不想空着肚子上路。我记不清有多长时间没吃过东西，反正现在饿得不行。我离开那根石柱，矮着身子朝水边靠近。芦苇荡里主要的水域已经被警察占据，但十米之外有一个五米见方的小水塘，里面同样有很多鱼，只要吃下两条，我就算不上饿鬼了。

向水边靠近的时候，我听到了警察的吆喝声。吆喝声其实一直没停过，我现在才听到。他们的意思是让我缴械投降。吆喝声像白茫茫的阳光，或者芦苇，将我彻底笼罩，但它的确切含义，我却总也明白不过来。

我现在唯一的渴望，就是抓两条鱼填肚子。

多么清澈的水。清澈得如同赤子的眼睛。一些草根和树桩，在水底下招摇；它们并没死，它们都还活着，如果我是鱼，我就能看到它们在水世界里是如何开花结果的。水塘边由于没有芦苇遮挡，阳光可以直落下来，阳光的精华在水底凝聚成一颗鲜红的太阳，因此鱼们仿佛游弋在天上，而空中的鸟影，却如在水中飞翔。这难道就是我在世界上看到的最后影像？

我的眼前出现了幻景，意识恍惚不定，终于滑入水中。

我抓住岸边的芦苇爬起来，身上糊满了淤泥。

水有了极为短暂的浑浊，接着又恢复了幽蓝幽蓝的原貌。

芦苇被分开和踏倒的声音沙沙沙地传过来，我再不能迟疑了，我把右手的手掌凹进去，破开柔嫩的水皮向下一舀，一条指拇长的小鲫鱼就在我手心里蹦跶了。刀呢？刀挂在我的腰带上，是一把跟钥匙串连成一体的小刀,我左手握着鱼,右手摘下钥匙串,用牙齿咬出刀片,再让鲫鱼嫩白的肚皮朝向天空。

正要动手将鱼剖开,我又听到了警察的吆喝声。这一次吆喝跟以前不同,以前虽有一个大目标,却没有明确的目标,这一次,他们好像已经发现我了。

我是将死的人了。我活得已经够不尊严的了。一个不尊严的人,死之前有什么资格再杀死一条无辜的生命?

万古长青生生不息的大地啊。

漫无际涯随风飞舞的芦苇啊。

群起群飞如同朝圣的鸟儿啊。

环绕太阳悠然飘荡的白云啊。

……

多日没仰望过天空,现在我望了一眼,然后我把鱼儿叫了声"乖乖",将它重新放入水中,再把枪口对准自己的太阳穴,扣动了扳机。

附录二

与一位青年作家的会面以及后来的事

时令已进入六月中旬，却丝毫没有夏天的迹象，坐在窗下，穿着薄外套，竟有些冷。这天，我正起身去加衣服，放在书桌上的手机响了。是个陌生号码，开口就称我"大哥"——既不加名，也不加姓，直接就叫了大哥。我有些愕然。从没有人这样叫过我。天南地北地行走，在酒桌上混得熟了，最多泛泛地叫我一声哥。是家乡人吗？家乡人更不该这样叫，我排行老幺，离老大还要爬好几层楼梯。我想他是不是打错了，但他说，他几天前读了我一篇小说，想跟我见一面。

　　怕我拒绝，他立即又报了自己的名字。

　　他叫冉冬。

　　一颗冉冉升起的文学新星。

　　作为一家文学刊物的编辑，尽管还没编发过冉冬的作品，但这个名字早已熟知。他的小说我今年初还读过一篇，就是我放在"附录一"的内容，那篇小说名叫《最后半小时》。我很难说自己喜欢他的作品，但在那之后，我发现国内重要刊物，都集中推他。从某种角度讲,编辑也凑热闹,谁红火,就往谁身上添柴;另一方面,好编辑也不能单凭自己的好恶取舍,好编辑要先认好作品,然后才是自己喜欢的作品。好作品和喜欢的作品,不是一回事。

冉冬明显是个有创作方向的人。作家有没有创作方向,十分重要。每一条河流都是有方向的,否则,万千溪流就不能汇聚成川。冉冬固执地,我甚至认为是埋头苦干地,构建自己的母题,或者叫精神谱系。他始终都在追寻:追寻一种真相。他热衷于用第一人称叙述,而我感觉到,选择这样的视角,在他那里不是方法问题,而是宣示他的态度:我,冉冬,将为真相而活,也为真相而死。

对这种执拗的人,实话说,我不想见。

我可以读你的作品,也可以发表你的作品,但不想见面。

然而,执拗者之所以执拗,就在于你想不想无关紧要,他想就行。

他说,他是专程来我生活的城市,此刻正在茶楼等我。

执拗是一根绳索,我被那根绳索绑架了。

好在他所在的檀香茶楼,离我家并不太远。

时逢周末,下午四点钟,茶楼里人很多,但仿佛有块磁石,把我的目光吸引到西窗下靠近空调的那个人。很可能只是因为他一人独坐的缘故——后来我这样想。不过这种想法没有道理。茶楼宽广，独坐的并非只有他。是见过他的照片？没有。我可以肯定地说，没有。大约两年前，某选刊选载了他一部中篇小说，那家刊物不仅要附作家的创作谈，还登照片，却独独没有冉冬的照片，当时我还非常奇怪，因此留下了深刻印象。

可我就是一眼便找到了他。

那颗硕大的头，头上狮鬃般的毛发，让我觉得就是他。

茶坊在三楼上，没有电梯，但他并没朝楼梯口张望，只半低着头，看桌面，或者是看自己放在桌面上的手。我走到近前，问他：

"你是冉冬？"

他很惊异地抬头，望着我，眼睛眯起来。那眼睛附在一张宽皮大脸上，像随意抹出的两条伤口。伤口很微小，却格外锐利。当他把眼睛眯起来，目光就变成了刀刃。我嗅到了刀刃的寒气。

"是我，"他说。

同时把眼睛睁圆。睁圆后显得更小。

真没见过这个人吗？我怀疑起来。

因为，这个人的相貌我是如此熟悉！

"大哥，"待我坐下，他说，"我是来感谢你的。"

这让我莫名其妙。

作为青年小说家，他不是我发现的。

别人发现之后，我也没有推波助澜。

服务生像从水上漂过来一样，问我喝什么茶。我望了一眼冉冬右前方的茶杯,见是竹叶青,便也要了竹叶青。冉冬没言声。这证明他心里不装别人。是你请我来见面的,而且我比你年长许多,按理,你该主动问我,并主动去招呼。可他没言声。直到服务生去了,把茶杯送来后又去了,他才说话。

"我是清溪河上的人。"

"哦?"

"我老家在黄金镇。"

黄金镇在我老家普光镇的上游,彼此有一百七十公里水路。在我很小的时候,一百七十公里是遥不可及的距离,后来,两镇之间修了公路,再后来,普通公路变成了高速路,是川东北到西安市高速路的前端。高速路逢山开道,遇水搭桥,大大缩短了里程,从普光到黄金,只需二十多分钟。遥远的变成了邻居,邻居却变得遥远,这是现代化所走的路。

仅仅相距二十多分钟车程,当然就是正宗的家乡人了。

可他不是来攀老乡的,是来"感谢"我的。

为什么要感谢我?

"我几天前读了你一篇小说。"他重复了电话里的话。

作为写作者,别人读了你的小说而感谢你,是对你最具分量的褒奖。这样的事我以前也遇到过,但都是通过电话或微信,冉冬却说,他是专程来的,而且说是专程来我生活的城市,证明他住在远方。这就非比寻常。

我正要谦虚几句,他抢先说:

"你还没问我读的是哪一篇呢。"

并不需要我问,他便透露:

"《隐秘史》。"

这是我数月前完成的作品,北方一家刊物这个月刚发表。

有那么好吗?值得一个青年作家专程过来感谢吗?

"你自己还记得那个小说不?"

我说大致记得。

"你记得里面的人物吗?"

对一部小说而言,不记得人物,就不算记得。

"其中一个叫陶玉的你记得吗?"

到底没错,这确实是个执拗的人。

我不想回答他。

"我是陶玉的儿子,"他说。

我悚然一惊。

"当然,我母亲并不叫陶玉,但你小说里给她取名陶玉,那么我也就是陶玉的儿子了。"

难怪我觉得和他熟悉。他与我小说中的陶玉并不像,可他像另外一个人,这个人没有名字,且仅有短短的一句描述:头大,眼小,神情忧郁。那是陶玉的男人,即陶玉和吴兴贵私奔前的男人——但并不确定,只是猜测。那个男人是否到过千河口,也仅仅停留于谣传的层面。难道,他是冉冬的父亲?

可我的那篇《隐秘史》,完全是虚构的。

我觉得他是在胡扯。

于是我改变话题,不谈我的小说,谈他的小说。

我问他《最后半小时》里的"我",是不是妻子的同谋;又问他"我"的上司是否早就在某个场合看中了"我"的妻子,才故意来"我"家借书;还问他"我"的饮弹自尽,是因为恐惧,还是对恐惧的超越。

"这些并不重要,"他沉吟着说。

随后端起茶杯,咕嘟嘟灌下半杯。

杯子一搁,他站起身,朝我躬了一躬。

"谢谢你,大哥,"他说,"你对我恩深义重,我必须当面来表达谢意。"

言毕,他走了。

走得不管不顾,连茶钱也没付。

我独自坐了一小会儿,也走了。

我为这天下午从四点到四点一刻的这段时间,感到不值。

将近两个月后,我老家那边传来消息:一对过了二十多年的夫妻,被公安逮捕了。这对夫妻合谋,杀死女人的前夫,把尸体藏进了一个隐秘的山洞里。

帮助公安破案的人,是女人跟前夫生的儿子。

他名叫凌志飞,是个作家,笔名冉冬。

听到这个消息,我如五雷轰顶。

消息的来源，并不是我们村，而是在清溪河对岸，我从没去过、也从未听说过的村子。奇怪的是，在那里发生的事，与我小说里发生的几乎如出一辙：也有个杨浪似的人物，以缓慢和不争，把自己留在过去的时光；也有个苟军似的人物，相信怨恨、霸气和拳头才是打开生活的钥匙；也有个桂平昌似的人物，在想象中凸显自己的软弱，也拯救自己的软弱；同样有个吴兴贵，有个陶玉……

唯一不同的是，凶手不叫吴兴贵，也不叫陶玉。

一时间，我恍惚起来，不知道什么才是真正的现实。

也不知道自己今后还敢不敢写小说。

第二年春末，我收到一本中篇小说年选，上面有冉冬的《最后半小时》，我把他这个小说又读了一遍。这一读，禁不住心惊肉跳。

我明白了，去年六月份，冉冬来找我，朝我鞠躬，说我对他恩深义重，绝不仅仅是因为我的那篇《隐秘史》可能指引他找到杀害父亲的凶手。